KERIM PAMUK

Allah verzeiht, der Hausmeister nicht

Kerim Pamuk wurde 1970 an der türkischen Schwarzmeerküste geboren und lebt seit 1979 in Hamburg, wo er Orientalistik und Germanistik studierte. Mit seinen Bühnenprogrammen Pamuks Kümmel Klub und Leidkultur tourt er durch Deutschland.
Mehr unter: www.kerimpamuk.de

1 2 3 4   10 09

© Eichborn AG, Frankfurt am Main, März 2009
Umschlaggestaltung: Christiane Hahn unter Verwendung mehrerer
Illustrationen von © Ank Kuhl (www.laborproben.de)
Typografie und Ausstattung: Cosima Schneider
Druck und Bindung: CPI – Clausen & Bosse, Leck
ISBN 978-3-8218-5845-6

Mix
Produktgruppe aus vorbildlich bewirtschafteten
Wäldern und anderen kontrollierten Herkünften
www.fsc.org Zert.-Nr. GFA-COC-001223
© 1996 Forest Stewardship Council

Eichborn Verlag, Kaiserstraße 66, 60329 Frankfurt am Main
Mehr Informationen zu Büchern und Hörbüchern aus dem Eichborn Verlag finden Sie unter www.eichborn.de

Vorwort

Guten Tag und grüß Gott, liebe Glaubensschwestern und Glaubensbrüder aus dem Orient!

Ihr interessiert euch für das possierliche und doch ultramoderne Deutschland? Ihr sitzt auf gepackten Koffern und wollt euch vor eurer Reise über Land, Leute, Kultur und Heizpilze informieren? Oder ihr sitzt schon im Flugzeug und möchtet gut vorbereitet dieses Mekka der Straßenschilder besuchen? Dieses Paradies für Haarspalter und Dauerreformer, für Zeichensetzer und manische Mülltrenner?

Kommt in Scharen, liebe Freunde, denn hier bleibt ihr Muslime, hier dürft ihr sein!

Eine Reise in dieses Land lohnt immer, die Deutschen sind nämlich in vielen Bereichen Weltspitze: von Hydraulik bis Humor, von Lichtkonzept bis Lärmschutz, von Pudelzucht bis Papst. Hier gibt es viel zu erleben und noch mehr zu lernen. Von eurem Trip in dieses immergrüne Land werdet ihr noch euren Enkelkindern erzählen!

Damit ihr aber nichts »in den falschen Hals bekommt«, wie man hier zu sagen pflegt, hat der bescheidene Autor die große Ehre, euch in die Sitten und Bräuche dieses stolzen und mehrheitlich blonden Volkes einzuführen. Vor allem soll euch nicht passieren, was eurem Reiseführer bei seiner ersten Reise widerfuhr. Ahnungslos, geradezu naiv durchstreifte ich in nur drei Tagen diese Republik im Herzen Europas und »staunte Bauklötze«.

Als das Flugzeug eine große Schleife flog und dann zur Landung ansetzte, schaute ich aus dem Fenster und war verwirrt. Ich sollte in Hamburg landen, der zweigrößten Stadt

Deutschlands, aber unter mir sah ich nur Tausende Bäume und vereinzelte Häuser dazwischen. Ich machte mir große Sorgen und überlegte, ob der Pilot zu einer Notlandung mitten im Wald ansetzte, weil der Tank leer war. Aber plötzlich tauchte unter uns wie aus dem Nichts eine Piste auf und wir landeten sicher. Noch immer dachte ich, wir wären mitten im Urwald und nicht in einer Metropole, traute mich aber nicht, jemanden zu fragen. Endlich sah ich das Schild »Hamburg Airport« und atmete durch. Der Pilot war wohl doch richtig geflogen. Grenzpolizisten in blauen Uniformen überprüften gründlich meine Papiere, durchsuchten gewissenhaft meine Unterwäsche und entließen mich bereits nach drei Stunden mit einem: »Schön brav sein und unsere Frauen in Ruhe lassen, Muselmann, sonst gehts ganz schnell wieder zurück in die Heimat, ne!«

Nach dieser ersten freundschaftlichen Kontaktaufnahme mit Eingeborenen fuhr ich mit einem Taxi in die Innenstadt und setzte mich in ein Café. Es war ein sonniger, aber kühler Tag und ich stutzte, denn ich war der Einzige, der im Café saß, alle anderen Gäste saßen draußen. Eingepackt in Wolldecken schauten sie schweigend, regungslos und konzentriert in Richtung der Nachmittagssonne, als ob sie alle gemeinsame Zwiesprache mit der Sonne halten würden. Neugierig schaute ich ebenfalls zur Sonne, konnte aber nichts Außergewöhnliches sehen, sie schien wie immer. Endlich betrat jemand das Café, eine Dame im besten Alter kam mit Kinderwagen und kleinem Hund herein. Nach einer ganzen Weile hatte sie es endlich geschafft, den Wagen direkt vor den Eingang zu parken und nahm ihre Enkelin auf den Arm. Während der Pudel ausgiebig die Schuhe seines Frauchens ableckte, entblößte die Dame plötzlich ihre Brust und stillte das Baby! Mir fiel die Kinnlade herunter, die Großmutter stillte ihr Enkelkind! In aller Öffentlichkeit!

Schamvoll versuchte ich, nicht hinüberzustarren, aber sie saß direkt vor dem großen Fenster, und ich konnte nicht ewig die Dielen zählen, sobald ich rausschauen wollte, sah ich sie. Stolz stillte sie mit nackter Brust das Baby und fütterte nebenbei den Hund mit Keksen! Benommen von so viel Offenheit, tippte ich eine wirre SMS in mein Handy, als eine junge Frau den Laden betrat und drei Minuten für die Bestellung eines Getränks brauchte, dessen Namen ich noch nie zuvor gehört hatte. Sie orderte einen entkoffeinierten Caffè Latte auf Sojamilchbasis, in der Größe »tall« mit Karamelgeschmack und ohne Milchschaum, zum Mitnehmen. Ich verstand nicht mal mehr »Bahnhof« und ging hinaus, warf einen letzten Blick auf die immer noch schwer konzentrierten Sonnenanbeter.

Trotz des kurzen Aufenthalts wurden meine Sinne geradezu überflutet: Ich sah Hundespielwiesen, Katzenfriseure, Tausende von Fachgeschäften, mit Kinderwagen joggende Männer, Frauengruppen, die unter freiem Himmel Poweryoga betrieben. Taxifahrer, die den Weg kannten, Studenten in weiten, aber zu kurzen Hosen, Radfahrer, die sich den Weg freibrüllten. Autokennzeichen notierende Rentner, miteinander knutschende Männer, Raucherhorden vor Kneipen und zehn verschiedenfarbige Mülltonnen vor einem einzigen Haus! Benommen trat ich die Rückreise an und dachte nur: Die Deutschen müssen verrückt sein!

Dieser kulturelle Reiseführer soll euch auf dieses wunderliche Volk vorbereiten, liebe Besucher des Abendlandes. Deutsche sind zwar bisweilen seltsam, schrullig, rätselhaft, oft erstaunlich und noch öfter widersprüchlich, aber nicht verrückt. Und ich verspreche euch, am Ende der Lektüre werdet ihr die Deutschen vielleicht nicht gerade lieben, aber mögen werdet ihr sie auf jeden Fall, das schwört euer Kulturführer auf den Koran!

Revolte gegen die Erdachse –
Sonnenbaden an der
Costa del Heizpilz

Wenn du etwas von der Atmosphäre, von dem Flair dieses Landes einatmen willst, lieber Chaos-Kasache, dann solltest du deine Expedition unbedingt in den kurzen Sommer legen. Packe dir aber trotzdem warme Kleidung ein. Denn offiziell heißt diese Jahreszeit zwar wie bei uns »Sommer«, es kann dir aber im ungünstigsten Fall passieren, dass du wieder deine Rückreise antrittst, ohne jemals die Sonne des Abendlandes erblickt zu haben.

Den Menschen hier geht es in vieler Hinsicht besser als unseren. Sie wohnen in vernünftig gebauten Häusern, die in den seltensten Fällen einstürzen oder den Abhang hinunterrutschen. Sie haben ein Kanalisationssystem, das sich nicht olfaktorisch aufdrängt oder an der nächsten größeren Kreuzung endet, und sie fahren Autos mit Originalteilen. Aber das bessere Wetter haben sie definitiv nicht. Man könnte sogar behaupten, sie sind mit dem Wetter in diesen Breitengraden gestraft, und kein Einheimischer würde ernsthaft widersprechen. Vielleicht erklärt sich auch damit ihre Reisewut gerade in die Länder des Orients.

Aber wenn einmal die Sonne scheint, rauscht der Deutsche »mit Mann und Maus«, wie man hier zu sagen pflegt, nach draußen und will die sonnigen Stunden umfassend und gründlich nutzen, bevor ihn ein plötzlicher Regenschauer wieder ins Haus jagt. Denn der Deutsche ist beständig, sein Wetter ist es nicht. Mit hektischer Betriebsamkeit stürzt er sich auf alles, was draußen zu tun ist. Elanvoll nimmt er sich zum Beispiel den Vorgarten zur Brust – einen richtigen Garten besitzen die wenigsten, was sie aber nicht daran hindert, den Vorgarten systematisch zu beackern und zu ordnen –, streicht das Garagentor, putzt die Fenster von außen und hängt die Flickenteppiche über den Balkon. Danach werden alle Gerätschaften in der Garage vom Rasenmäher bis zum Grill instand gesetzt und die Kette des Fahrrads geölt. Wenn dann das Notwendigste der Saisonvorbereitung erledigt ist, nimmt er in einem Plastikstuhl auf seinem Stück Rasen Platz und genießt bei untergehender Sonne das sogenannte Feierabendbier. Damit ist ein Glas Bier gemeint, das er sich nach einem harten Arbeitstag als Belohnung gönnt. Er gönnt es sich auch an Wochenenden, da er eigentlich andauernd am Arbeiten ist, wenn mal nicht mit der Hand, dann auf jeden Fall mit dem Kopf. Irgendetwas arbeitet im Deutschen immer. Das »Feierabendbier« steht zwar im Singular, lieber Reisender, aber es bleibt in etwa genau so singulär wie unser Gläschen Tee nach einer ausgiebigen Mahlzeit.

Seit bald fünfzig Jahren leben nicht nur Orientalen in diesem Land, sondern auch andere Südländer aus dem Mittelmeerraum, und tatsächlich haben die »Gastarbeiter« das Lebensgefühl in diesem sonst gegen äußere Einflüsse so resistenten Land verändert. Vor allem die jüngere Generation der Deutschen hat sich vom mediterranen Savoir-vivre anstecken lassen und nutzt die warmen Tage des Jahres zum Flanieren, Picknicken, Entspannen und zu einem gemütlichen Plausch unterm blauen Himmel. Doch während der Orientale das Haus im T-Shirt verlässt und im T-Shirt heimkehrt, bereitet sich der Deutsche auf alle Temperaturabstufungen von 10° bis 35° Celsius modisch vor. Nach dem »Zwiebelprinzip« hat er stets passende Klamotten zum An-, Aus-, Drüber-

und Drunterziehen dabei, die er in einem voluminösen Rucksack durch die Gegend trägt.

Was unsereins noch mehr in Erstaunen versetzt, ist ein Blick in den Kleiderschrank einer durchschnittlichen jungen Teutonin. Dort nimmt nämlich die Sommermode einen weit größeren Raum ein als die Wintermode. Es käme dir, lieber Sesam-Syrer, wohl nicht in den Sinn, eine breite Kollektion an Schneeanzügen zu unterhalten. Aber gerade beim Wetter ist in diesem sehr grünen und sehr feuchten Land der Wunsch Vater des Klamottenkaufs. Bis das globale Treibhaus nordeuropäische Breiten auf Orientklima geheizt hat, dürften die meisten Sommerfummel, die heute in deutschen Kleiderschränken schlummern, allerdings hoffnungslos aus der Mode gekommen sein.

Mit der Mode kommen wir, lieber Glaubensbruder, auch zu Gemeinsamkeiten zwischen unserem Orient und dem hiesigen Okzident und landen unweigerlich beim guten Geschmack und dessen Irrungen und Wirrungen. Such dir eine belebte Meile aus, nimm draußen vor einem schönen Café Platz und bestell einen typisch deutschen »Latte macchiato«. Mit Glück erwischst du einen sehr warmen Tag, und dir wird sich das ganze Panorama germanischer Stilsicherheit offenbaren: Eine junge blonde Schönheit gleitet vorüber, sie ist so geschmackvoll gekleidet und perfekt geschminkt, dass du sie ohne Weiteres auf einen Laufsteg heben könntest – ganz buchstäblich, denn sie ist nur etwas schwerer als dein linkes Bein. Ihr kommt ein punktuell rasierter Jungspund mit schräg sitzender Schirmmütze entgegen, in dessen »Baggy Pant« (weit geschnittene Hose) seine beiden Kumpel, die hinter ihm herschlurfen, auch noch locker Platz hätten. Rechts sitzen drei nicht mehr ganz junge und nicht mehr ganz schlanke Frauen mit dem Rücken zu dir und geben den

Blick auf ihre Stringtangas und den Ansatz der Pofalten frei. Trotz deiner Verzückung über so viel Hautfreiheit wirst du dich fragen, ob der Grund dafür eine Textilknappheit im Lande ist.

Zwei Tische weiter links sitzt ein adretter Mann in »Sneakers« (teure, ursprünglich für die Sporthalle konzipierte Turnschuhe) und Jeans. Er trägt die gerade aktuelle Beckham-Frisur, ein edles Sakko und darunter ein mit einem witzigen Spruch (»Frauenfalle«) bedrucktes T-Shirt. Nur sein faltiger Hals lässt erahnen, dass er altersmäßig dein Vater sein könnte. Eine Dame in den besten Jahren lächelt dich Fremden verständnisvoll an, während sie mit Hennafrisur und Sandalen an dir vorbeischwebt. Und du fragst dich, ob sie zu Hause mit einem Ofen heizt, weil sie am ganzen Körper verziertes und bunt bemaltes Holz trägt. Ein altes Ehepaar zieht langsam mit angesäuertem Blick über das zu unordentliche Treiben an dir vorbei, das Grau seiner Bekleidung geht nahtlos in die heruntergezogenen Mundwinkel über. Den beiden folgt eine Horde junger männlicher Orientalen, deren Palaver ihrem hoppelnden Gang akustisch mindestens dreißig Meter vorausgeht. Mit filigranen Bewegungen rempeln sie einander freundschaftlich an, richten sich den Schritt, lachen, johlen und »checken die Auslage« (überprüfen die Menge nach neuen, bisher noch nicht entdeckten, möglichst deutschen Frauen im selben Alter).

Spätestens wenn einer der Jungs den ersten Kürbiskern zum Mund führt, wirst du an deine Lieblingspromenade am heimatlichen Mittelmeer denken. An den kichernden Haufen junger Mädchen, die in ihren Schuluniformen auf dem Heimweg sind und dabei eine breite Schneise aus Kürbiskernschalen hinterlassen. An zwei verschleierte Frauen, die wie auf Schienen über die Promenade hetzen und deren schwarze, sackähnliche Gewänder sie noch quadratischer erscheinen lassen, als sie von Natur aus schon sind. Nur die zwei Nummern zu kleinen Lackpumps an ihren Füßen stören das sonst sehr stimmige islamisch-reine Gesamtbild. Du wirst an den gesetzten Mann mit Vollbart denken, dessen kurze Arme im zu großen Sakko verschwunden sind, statt der Hand baumelt eine Gebetskette aus dem Ärmel heraus. Die Bundfaltenhose schleift über den Boden, während in gebührendem Abstand hinter ihm die Ehefrau die Einkäufe nach Hause trägt. An die beiden freundschaftlich eingehakten Männer mit gepflegten Schnauzbärten, die ihren Blick über den Horizont schweifen lassen, während sie in gedämpftem Ton die jüdisch-amerikanische Weltverschwörung erörtern. Der leicht hüftbetonte Gang der beiden wird dich kaum mehr irritieren. Und natürlich wirst du an die vier jungen Damen im heiratsfähigen Alter denken, die mit blondierten Haaren, eng sitzenden Blusen, überschminkten Gesichtern und überlautem Lachen vorbeistolzieren. An ihre Nasen, die so zart, eben und identisch sind, dass der Schöpfer ein Teufel sein muss, um solche wohlgeformten Nasen zu erschaffen.

Zum Schluss, lieber Besucher im Haus des Krieges, sei dir über eine weitere Besonderheit der Deutschen Auskunft gewährt. Wir Orientalen sind gottesfürchtige Menschen, und unsere seit Menschengedenken gerechten und fortschrittlichen Regierungen haben aus uns Jünger des Fatalismus gemacht. Wir nehmen das Leben, wie es kommt. Und wenn wir in diesem Leben nicht froh werden, so hoffen wir zumindest auf das nächste im Jenseits. Wenn das Brot wieder teurer wird, dann wird es eben teurer, wenn der Sommer vorbei ist, dann ist er eben vorbei. Die Einheimischen hier ticken anders. Auch sie waren einmal religiös, aber inzwischen ist der Glaube hierzulande nur in Spurenelementen zu finden und von der einst herrschenden Gottesfurcht sind nur noch barocke Gebäude übrig geblieben. Darum lehnt sich der Deutsche auch gegen das Ende des zu kurzen Sommers mit allen ihm zur Verfügung stehenden Mitteln auf. Und das sind nicht wenige. Sobald die Tage kürzer und kälter werden, stellt er Heizpilze vor sein Restaurant und legt über jeden Stuhl eine warme Decke. Oder er überdacht die Open-Air-Plätze gleich mit einem Zelt und nennt das Ganze Wintergarten. Wenn die scheue Sonne sich im Laufe des Tages blicken lassen sollte, und sei es für zehn Minuten, stürmen seine Gäste die Stühle, wickeln sich in die Decken und nehmen die Haltung von Gottesanbetern ein. Es mag dir als sonnenverwöhntem Morgenländer eigenartig erscheinen, dass die Menschen hier bei klirrender Kälte, dick einpackt, mit modischen Sonnenbrillen draußen sitzend zur Sonne starren, aber dem Deutschen ist jeder Sonnenstrahl kostbar, denn er hat nicht viele. Diese kleine Revolte gegen die schiefe Erdachse pflegt er gewissenhaft, und es gelingt ihm durch Technik und Willen, den Sommer bis Ende Oktober zu strecken. Manch Hartgesottener lehnt den regnerisch-kühlen Herbst sogar aus Prinzip ab und nimmt seinen Espresso grundsätzlich vor dem Café, ob es stürmt oder regnet. Vom Deutschen lernen heißt frieren lernen.

Still der Hof, frei die Einfahrt – Verbote als Balsam der deutschen Seele

Etwa um 1995 herum, lieber Falafel-Fellache, verstarb der Hamburger Rentner Erwin Schmidt im salomonischen Alter von 94 Jahren. Was an sich keiner besonderen Erwähnung wert wäre, weil der Nachwuchs an Rentnern in diesem Land auf Jahrzehnte hin gesichert ist. Das Besondere an Erwin Schmidt war auch weniger sein geregeltes, sparsames, nicht gerade von stürmischen Ereignissen durchgerütteltes Leben als vielmehr sein Letzter Wille, der an die Öffentlichkeit gelangte. Er vererbte den beiden Söhnen eine stattliche Summe Geld, ein vierstöckiges Haus mit acht Mietwohnungen, Hinterhof und Garagen. Zu dem Erbe hätte man die Söhne eigentlich beglückwünschen können, vor allem wenn du bedenkst, dass ein Orientale vom Vater oft nur eine brüchige Wohnung mit Gipswänden und ein halbes Pfund Gelbgold erbt, und selbst wenn der Erzeuger wohlhabend war, das Erbe nicht wesentlich größer ausfällt, weil er es mit fünf Geschwistern teilen muss.

Der Nachlass von Erwin Schmidt hatte aber einen entscheidenden Haken: Seine Söhne mussten dafür sorgen, dass die Einfahrt zum Hof in den nächsten dreißig Jahren immer frei bleibt. Erwin Schmidt hatte sich ein ausgeklügeltes und vor allem pädagogisch angelegtes Bonussystem ausgedacht, um die Durchsetzung seines Letzten Willens zu gewährleisten. Versperrte jemand die Einfahrt länger als fünfzehn Minuten, ohne dass die Söhne einschritten, wurden die Mieteinnahmen des ganzen Jahres automatisch auf das Konto des Züchtervereins »Schäfer und Hund 1909 e.V.« überwiesen, dessen Erster Vorsitzender Schmidt seit dem Zweiten Weltkrieg gewesen war. Aber Papa Erwin war kein Unmensch, und wenn es den Söhnen in den folgenden zwölf Monaten nach dem Vergehen gelang, die Einfahrt durchgehend frei zu halten, durften sie die Mieteinnahmen wieder kassieren. Die freie Einfahrt war Erwin Schmidt in jeder Hinsicht und für alle Zeiten heilig, auch wenn er sie mit seinem VW Golf das letzte Mal in den Sechzigern des vorigen Jahrhunderts befahren hatte. Nachbarn behaupteten, im Hof hätte es mehr Verbotsschilder als Pflanzen gegeben.

Selbst für hiesige Maßstäbe zeugt diese kurze Geschichte von einer beeindruckenden Konsequenz und offenbart dir damit hoffentlich einen kolossal wichtigen Wesenszug des Deutschen: Kaum etwas tut er lieber als Verbote und Regeln aufzustellen. Schon bei deinem ersten Spaziergang wirst du einen Eindruck davon bekommen, wie genau es der Deutsche nimmt. Jeder Meter asphaltierte Straße verfügt über eine exakte Beschilderung, was auf diesem Meter erlaubt oder verboten ist, damit auch jeder unnötige Interpretationsspielraum vermieden wird. Selbst wenn du findig sein solltest und bei deinen Wanderungen einen tatsächlich unbeschilderten Abschnitt aufspürst, was bisher kaum einem Morgenländer gelang, wirst du auch dafür in der Straßenverkehrsordnung genügend Vorschriften für unbeschilderte Straßen finden.

Ungewisses, Unklares, Ungeregeltes ist dem Deutschen zutiefst fremd und verursacht bei ihm je nach Konstitution Magenschmerzen bis Schüttelfrost. Denn der Allmächtige formatiert auf teutonische Hirnplatten einen speziellen und besonders großen Regelerschnüffelungssektor. Darum ist er auch zeit seines Lebens mit der vollständigen Beschriftung dieser Partition beschäftigt, denn seine Lebensmaxime lautet, dass man im Leben nichts falsch machen kann, wenn man genau weiß, was erlaubt und was verboten ist, und sich eisern danach richtet. Jede Lebenslage mit möglichst genauen Vorschriften zu regulieren ist für ihn nur die Vorstufe zur Glückseligkeit. Ins germanische Nirwana gelangt er erst mit sintflutartiger Produktion von Verboten. Oder um es mit den treffenden Worten eines zermürbten türkischen Imbissbesitzers zu sagen: »Der Deutsche fühlt sich irgendwie nackt, wenn er nicht verbieten kann!« Das Verbieten hat sich in diesem Land zum Volkssport entwickelt, und vor allem die Besitzenden verbieten, bis ihnen die Schilder ausgehen, und erwarten mit größter Selbstverständlichkeit, dass der Staat die Verbote durchsetzt. Was bei uns nur ungläubiges Lachen auslösen kann, weil wir nie auf die Idee kämen, ein Verbot aufzustellen, wenn wir es nicht selbst durchsetzen können. Der Staat im Orient hat weiß Gott Besseres zu tun, als beschränkte Halteverbote zu überwachen oder DIN-Normen für die Isolierung von Regenrinnen aufzustellen. Er benötigt seine Ressourcen für Wichtigeres, zum Beispiel die minutiöse Einzäunung von Meinungen und Freiheiten, die permanente Überwachung innerer und äußerer Feinde, die im Orient bekanntlich im Überfluss und vor allem je nach Bedarfslage vorhanden sind. Schließlich benötigt er seine Kräfte für die gottgerechte Verteilung seiner Pfründen und Erträge oder schlicht für die herkulische Aufgabe der Selbsterhaltung.

Dagegen stellt der deutsche Staat seinem Bürger ein ganzes Arsenal von Sanktionen bei Nichtbeachtung von Verboten oder Vorschriften zur Verfügung. Von der leichtesten Waffe: »Das gibt ne Anzeige!«, macht jedermann Gebrauch, sobald er die Grundordnung des Landes durch Falschparker,

Über-rote-Ampel-Geher, Linke-Seite-Radfahrer, Nachtruhestörer, Sonntagsstaubsauger, Balkongriller oder durch spielende Kinder auf unerlaubten Grünflächen in Gefahr sieht. Natürlich belässt er es nicht nur bei der Drohung, sondern schreitet sofort zur Tat, wenn der Delinquent nicht augenblicklich pariert, und sorgt gleichzeitig dafür, dass der Justiz in den nächsten 150 Jahren die Arbeit nicht ausgeht. Diese darf dann auf Anregung des Klägers stufenweise Mahnungen, Verweise, Bußgelder, Ordnungsgelder verhängen und sogar mit Gefängnis drohen. Was aber manche Übeltäter nicht daran hindert, den Kläger selbst zu verklagen, um zum Beispiel einen lebensbedrohlichen Nachbarschaftsstreit über fremdes Laub im eigenen Garten bis vor das höchste Gericht des Landes zu bringen.

Vielleicht erscheint dir, germanophiler Bruder, der Gang zum Verfassungsgericht wegen ein bisschen Laub etwas übertrieben, aber in hiesigen Augen löst er Bewunderung aus, denn Ordnung muss sein, auch in der Gartenflora. Dahinter lauert das deutscheste aller Schreckensgespenster: »Stell dir mal vor, das würden alle so machen!« Und kein Deutscher, weder dünn noch schlicht, weder klug noch dick, weder blond noch kahl, möchte sich dieses anarchische Sodom und Gomorra vorstellen, in dem jeder tut, was er will. Besonders ein Berufsstand kämpft seit Menschengedenken aufopferungsvoll gegen das dämonisch wuchernde Chaos und versteht sich als letzte und unüberwindbare Bastion deutscher Grundordnung: der Hausmeister. An Eifer, Glaubensfestigkeit, Mut und Märtyrertum kann er es locker mit unseren Taliban und Dschihadisten aufnehmen. Ähnlich unserem Turbanträger ist er mit einer stattlichen Unterportion Humor und Toleranz ausgestattet und besetzt verbissen Generation um Generation die Schlüsselrolle bei der Erziehung der Jugend. In Schulen, Sportvereinen und Jugendherbergen wacht er über sein Reich, das ihm nicht gehört, selbst Schulleiter fügen sich seinem Diktat, und Lehrer hält er aus Prinzip für pädagogische Weichspüler mit kommunistischer Gesinnung. Bewehrt mit einem riesigen Schlüsselbund, scheucht er Kinder mit Dauerverboten durch die Schulzeit und würde am liebsten Lehrer und Schüler im wahrsten Sinne des Wortes täglich ausschließen. Hier ein kleiner Auszug aus seinem Schikanerepertoire: »Keine Schuhe in der Halle! Kein Ballspiel in der Pause! Kein Toben im Hof! Keine Instrumente im Musikraum! Kein Singen in der Aula! Kein Atmen im Flur!« Nur eine menschenleere Schule ist ihm eine perfekte Schule. Von ihm kann selbst der strengste muslimische Patriarch etwas lernen, denn Allah kennt Gnade, der Hausmeister nicht. Auf diese Weise sozialisiert, steckt in jedem Deutschen unweigerlich ein kleiner Hausmeister, der rauswill, so wie in jedem vernünftigen Orientalen ein Sänger steckt, der singen muss. Dem hausmeisterlichen Geist verdankt das Land blühende Schilderlandschaften und überbordende Vorschriftenfreude.

Damit du, lieber ordnungsarmer Orientale, nicht schon nach zwei Tagen wegen mannigfacher Vergehen auf einer deutschen Polizeiwache landest, solltest du folgende Regeln des deutschen Alltags unbedingt beachten:

Wenn du ein Bahnticket erwerben oder Geld abheben willst, solltest du dich am Ende der Warteschlange einreihen und nicht direkt zum Schalter rennen, weil du meinst, dass es so doch schneller geht. Falls du spontan beschließen solltest, deinen Trip wegen des freundlichen Klimas um ein paar Jahre zu verlängern, kommst du an ein paar Behördengängen nicht vorbei. Schieb dabei auf keinen Fall Geldscheine für bevorzugte Behandlung über den Tresen, denn der deutsche Beamte oder Angestellte ist ein sehr schamhaftes, scheues Wesen. Auf offene Bestechungsversuche reagiert er mit Empörung und droht – siehe oben – mit einer Anzeige. Gib dir mehr Mühe, lieber Freund, zeig dich auf subtilere Weise erkenntlich. Schick seiner Frau zum Beispiel einen gut dotierten Einkaufsgutschein für ihr Lieblingsmöbelgeschäft oder spendier ihm einen Kurztrip nach Rio inklusive weiblicher Intensivbetreuung. Dadurch wirds zwar nicht gerade billiger, aber er wirds dir gnädig vergelten.

Wenn du mit einem Mietwagen unterwegs bist, solltest du deine morgenländisch-legere Fahrweise besser im Hotelzimmer lassen. Fahrbahnmarkierungen sind keine pointillistischen Verzierungen der Straße wie in deiner Heimat, sie sind als Betonwand zu nehmen. Versuche nicht, aus zwei Spuren drei zu machen, nur weil du der Meinung bist, dass die Fahrbahn breit genug für vier Autos nebeneinander ist. An roten Ampeln solltest du tatsächlich halten und nicht schon mal langsam auf die Kreuzung rollen, um zu sehen, ob der fließende Verkehr das Halten bei Rot wirklich notwendig macht. Sonst wirst du schneller, als dir lieb ist, die Bedeutung des Wortes »NOTAUFNAHME« erlernen.

Die Autohupe ist kein gängiges Kommunikationsmittel zwischen Verkehrsteilnehmern, sie dient nicht zum Grüßen, nicht zum Winken in kurzen rhythmischen Intervallen, auch nicht als Aufforderung an den Vordermann, schon mal loszufahren, weil die Ampel in zehn Sekunden eh auf Grün springen wird, und auf keinen Fall ist sie scherzhaft gemeint. Der deutsche Autofahrer hupt sehr selten. Und wenn, dann mit Sicherheit nicht kurz, nicht rhythmisch, und er hat ganz bestimmt nicht seine Lieblingsmelodie daran gekoppelt. Er hupt in einem tiefen Ton, lang und laut. Es klingt wie eine Kriegserklärung und genau so ist es gemeint, darum solltest du ihm niemals die Vorfahrt nehmen, denn unsere heimatliche Regel, der Schnellere fährt zuerst, gilt hier nicht. Hier gilt rechts vor links, egal wie früh, egal wie spät, egal wie viel PS du mehr unterm Hintern hast, wie viel breiter deine Reifen sind und wie viel lauter dein Auspuff ist. Nur einer einzigen Gruppe ist die Missachtung der Vorfahrtsregel erlaubt, der Kaste der Mercedesfahrer. Bei ihnen zerbröselt die Rechts-vor-links-Regel regelmäßig am Stern auf der Motorhaube. Der Käufer erwirbt mit einem Daimler-Benz automatisch das immer gültige Vorfahrtsrecht. Vielleicht sind diese Autos auch deshalb teurer als andere.

Falls dir jetzt schon die Lust auf deutsche Straßen vergangen ist, solltest du bedenken, dass der hiesige Verkehr auch ein paar entscheidende Vorteile zu bieten hat. Du musst dich in der schlimmsten Rushhour mit deinem Gefährt nicht in Luft auflösen, weil ein Provinzgouverneur mit fünf abgedunkelten Staatslimousinen und Blaulicht seine Tochter vom Shoppen in der City abholt oder ein Minister nicht zu spät zum Fußballmatch seines Lieblingsvereins kommen will und deswegen die halbe Stadt lahmlegt. Du musst nachts nicht den Anfang und das Ende von Baustellen erraten oder mit Gegenverkehr auf deiner Standspur durch selbstverständlich unbeleuchtete Traktoren rechnen. Auch nicht mit einer Schafherde, die unter einer Brücke auftaucht und in aller Gemütlichkeit die Straße überquert, oder mit Schlaglöchern, so groß wie Wandteppiche. Du wirst selten einen antiken Laster mit acht Meter hoch getürmten Heuballen sehen, der sich dem Bergkamm im Kriechtempo nähert und beim kurvenreichen, rasanten Abstieg die Ladung versehentlich auf dein Dach kippt. Genauso wenig wirst du außerirdisch anmutende klapperige Gefährte mit buntem Dauergeblinke auf zwei, drei oder dreieinhalb Rädern antreffen. Denn über deutsche Straßen wacht der Schutzheilige der motorisierten Mobilität, der Technische Überwachungs-Verein (TÜV). Er sorgt für gesunde Autos, geregelte Abgase, gummierte Reifen, gepfefferte Gebühren und sechseckige

Plaketten mit vorübergehendem Haltbarkeitsdatum. Würde der deutsche TÜV unsere Autos kontrollieren, hätte eine Metropole wie Istanbul schlagartig das Verkehrsaufkommen Ost-Berlins in den 1970er Jahren. Dazu muss jeder Wagen mit seinem Halter eine Haftpflichtpolice vorweisen, die bezahlt, wenn er einen Unfall verschuldet. Bei diesem Detail wirst du hellhörig werden, da in unseren Ländern oft Allah, sehr oft der Schwächere und manchmal der Verursacher mit einem Messer im Bauch oder einer Kugel im Bein haftet.

Der TÜV geht auch vielen weiteren staatstragenden Aufgaben nach. Jedermann kann seine Haushaltsgeräte von der Trittleiter bis zum Gabelstapler vom TÜV »abnehmen« und mit dem ultimativen Qualitätssiegel »TÜV-geprüft« auszeichnen lassen. Einem Bräutigam aus Baden-Württemberg soll es sogar gelungen sein, die Braut vor der Heirat vom örtlichen TÜV »abnehmen« zu lassen, um seine Zweifel an der Alltagstauglichkeit der Angebeteten zu zerstreuen. Dem können wir bis auf unseren bei angehenden Bräuten durchgeführten »Jungfräulichkeits-TÜV« nichts entgegensetzen.

Stell dich auf größere Laufstrecken ein, als dir lieb ist, denn hier halten die öffentlichen Linienbusse nur an Haltestellen und nicht wie in unseren Gefilden überall. Versuch auch nicht, den Busfahrer zu überreden, das wäre zwecklos, er wird dir sofort ein »Das ist nicht versichert!« entgegenblaffen. Man weiß zwar nicht, wie viele tölpelhafte Fahrgäste beim Aussteigen zwischen den Haltestellen sich den Fuß verknackst und die staatlichen Verkehrsbetriebe um Milliarden Euro Schmerzensgeld geprellt haben, aber diesem eisernen Grundsatz folgt der Deutsche liebend gern, denn er tut grundsätzlich nichts, was nicht versichert ist. Ist ihm etwas erlaubt, ist es garantiert auch versichert. Er braucht diese Absicherung, dieses Aufgehobensein im materiellen Fangnetz, diese monetäre Wellnesslounge, genauso unbedingt und substanziell wie Weihnachtsgeld, Jahresurlaub und Pantoffeln. Passiert ihm etwas, muss jemand dafür bezahlen, jemand anderer.

Nur so kannst du dir vielleicht einen Reim auf die folgende abschließende Anekdote machen: Anfang dieses Jahrtausends verbrachte ein deutsches Akademikerpaar die Sommerferien aus Versehen in Alanya, einer türkischen Kleinstadt, die sich während der Hauptsaison zu einer Pauschaltouristenmetropole mit Tausenden Leder-, Klamotten- und Juwelierläden aufbläht, die nur garantierte Originalware feilbieten, und im Winter zu einem Geisterdorf ohne Zentrum schrumpft. Aber Alanya hat Sonne und Strand satt und als solitäre kulturelle Attraktion eine hübsche Burg aus der Seldschukenzeit. Auf einem riesigen Felsen erbaut, bietet sie ein prächtiges Panorama, bestehend aus Taurusgebirge und Mittelmeer. Natürlich wollten die fremdkulturaffinen Eheleute diese Burg unbedingt besichtigen, und um das Erlebnis so authentisch türkisch wie möglich zu gestalten, wählten sie als Transportmittel nicht einen schnöden neuzeitlichen Kleinbus, sondern zwei Mietdromedare, die samt ihrem Besitzer am Fuß des Felsens unter einer Palme dösten. Freudig half der Besitzer den beiden auf, weil sie den Touristentarif, der grundsätzlich um das Drei- bis Vierfache höher als der Einheimischentarif liegt, ohne zu feilschen akzeptierten. Als sie endlich draufsaßen, fragte der Ehemann halb im Scherz, ob sie denn während des gefahrvollen Aufstiegs auch versichert seien. Der des Deutschen mächtige, touristengestählte Dromedarpapa schlug mit den Zügeln in der Hand gemächlich den Weg zur Burg ein und sagte nebenbei: »Ja, aber nur wenn Sie sich anschnallen.« Statt den hübschen Ausblick zu genießen, verbrachte das intellektuelle, leicht angebrannte Paar den Rest des einstündigen Aufstiegs, ganz zur Freude

des Führers, mit der verstohlenen Suche nach den Sicher-
heitsgurten.

Sie sind so dankbar! –
Haustierparadies Deutschland

Du wirst, lieber Schawarma-Schiit, am Ende der Reise durch diese Republik der akkurat gestutzten Hecken dir sicherlich eine dezidierte Meinung gebildet haben, du wirst einen bleibenden Eindruck gewonnen haben und deinen Leuten von dieser Gegend in den schillerndsten Farben berichten. Vielleicht wird in deiner Erzählung das Positive überwiegen, vielleicht das Negative. Vielleicht wirst du aber auch einfach Zeugnis ablegen über dieses im Vergleich zu deinem so exotische Land. Hättest du deinen Trip aber als Haustier angetreten – verzeih mir diese Respektlosigkeit, lieber Freund –, hättest du das Land zum Beispiel als Kater bereist, hättest du deinen heimatlichen Katzengenossen nur Folgendes übermittelt: Deutschland ist das reinste Paradies! Wenn du überhaupt noch die Rückreise angetreten hättest.

Ja, lieber Turbanbruder, dieser Staat mag mit menschlichem Auge betrachtet viele Vorzüge und eine Menge Schwächen haben, aber für Haustiere kann es keinen besseren Ort geben. Könnte ein heimatliches Haustier tatsächlich diese Breitengrade bereisen und zu Hause seinen Kameraden von den hiesigen luxuriösen Verhältnissen erzählen, würden alle unsere Straßenkatzen und -hunde, ach was, alle unsere Tiere würden die eigenen vier Pfoten, Läufe, Beine in die Hand nehmen und sich auf den Weg in dieses gelobte Land machen. Unsere Länder wären animalisch komplett entvölkert. Wenn die zweibeinigen Flüchtlingsströme nach Europa die Stärke eines Bächleins entfalten, hätte die vierbeinige Völkerwanderung die Wucht eines Tsunamis. Tiere haben hier keine Pflichten, sondern Rechte. Tierschutzgesetze und Tierschutzvereine wachen über das Wohl von Hunden, Katzen, Vögeln, Meerschweinchen, Kaninchen, Kleinreptilien aller Art und Hamstern. Vor allem für »den besten Freund des Menschen«, gemeint ist der Hund, gibt es eine Infrastruktur, von der manch tribaler Orientale nur träumen kann: Spielgruppen, Schulen, Friseursalons, Pensionen, Bekleidungsgeschäfte, Friedhöfe inklusive aller Bestattungszeremonien und Futterläden mit einer Speisenvielfalt, die viele Sterne-Restaurants des Morgenlandes in den Schatten stellt. Ähnlich umfangreich sind die Angebote für Katzen.

Selbstverständlich werden Haustiere mit einem engmaschigen Netz niedergelassener Tierärzte medizinisch nach dem neusten Stand versorgt. Versuch dir vorzustellen, wozu die Schulmedizin bei der Behandlung menschlicher Krankheiten in der Lage ist, erweitere das Spektrum um Behandlungen spezifisch animalischer Gebrechen und du hast eine ungefähre Vorstellung von den Möglichkeiten der Veterinärmedizin in diesem Land. Sie entfernen alten Hunden den grauen Star, richten Kaninchen die Zähne, setzen Katzen Herzschrittmacher ein, feilen Hamstern die Nägel und befreien Meerschweinchen von Gallensteinen. Kein tierisches Wehwehchen, das sie nicht behandeln könnten: Verstopfung, Kreislaufschwäche, Rheuma, Schwerhörigkeit, Verkalkung, Atemnot, Sodbrennen, Links-rechts-Schwäche, Schilddrüsenüber- und unterfunktion. Also alles, was du an dir nicht behandeln lässt, weil es dich finanziell ruinieren würde, lassen deutsche Haustierbesitzer am »furchtbar lieb gewonnenen Tier« behandeln und zahlen die Rechnung mit einem Lächeln. Denn ein Mensch kann enttäuschen, ein Tier nicht. Ein Hund niemals.

Unser Verhältnis zur animalischen Welt ist nicht ganz so herzerwärmend. Wir teilen Tiere grob in drei Gruppen ein. Erstens: schmackhafte Nutztiere wie Kuh, Schaf, Huhn; die halten, schlachten und essen wir. Zweitens: Haustiere wie Hund, Katze, Vogel; sind unnütz, unrein, machen Arbeit und gehören auf keinen Fall ins Haus, sie sind Gottes unnötiges Beiwerk zum Menschen, und drittens: wilde Tiere wie Löwe, Elefant, Antilope, Giraffe, Wal. Die kennen wir hauptsächlich aus Tierdokumentationen im TV und Zeitungsbildern. Wir würden uns zu Tode erschrecken, wenn so eine »Bestie« vor uns stünde, ansonsten lassen sie uns kalt. Höchstens würde mal ein Familienpascha gerne zur Untermalung seiner furchtlosen Männlichkeit einen Löwen mit einem Jagdgewehr aus sicherer Entfernung erlegen, in der stillen Hoffnung, dass die phänomenale Libido des Königs der Tiere auf seine müden Lenden übergehen möge. Alle drei Tiergruppen genießen in unseren Augen aber dieselbe Achtung: keine. Wir begehen keine Sünde, wenn wir sie schlagen oder treten, sie haben eh keine Seele. Tiere sind Tiere und schmutzig, stehen weit, weit unter dem Menschen. Und da bleiben sie auch. Unsere Frauen vererben den traditionellen Ekel vor allen Tieren gewissenhaft an den Nachwuchs weiter. Daher wohl das lang gezogene »Iiiiiiiiiiiiiiii, schmutzig, schmutzig, schmutzig« unserer Gören, sobald ein gerupftes Katzenbaby hinterm Busch auftaucht. Dass eine Katze ihre Toilette sauberer hält als so manche stolze Orientalin ihr Plumpsklo, ist kein wirkliches Gegenargument.

Veterinäre gibt es schon, sie haben aber weit weniger zu tun als ihre Kollegen in Nordeuropa. Die Schlachthöfe kontrollieren und Tiere einschläfern, wenn es nötig ist. Behandlungen und Operationen führen sie ebenso durch, an toten Tieren. Um nicht aus der Übung zu kommen. Lebensverlängernde Maßnahmen für die Lieblingspfote können sich höchstens Millionäre leisten, aber nicht der Durchschnittsorientale. Zu fressen gibt der seinem Haustier, was vom Essen übrig bleibt. Nach Fachgeschäften könnte er lange suchen, denn im Orient wäre jeder Laden für Haustierbedarf nach einer Woche pleite. Unsere Städte sind natürlich trotzdem voll von umherstreunenden Hunden und Katzen, die ihren Speiseplan aus den immer offen stehenden Mülltonnen zusammenstellen. Was so nahrhaft und populationsfördernd ist, dass die Stadtverwaltung sich manchmal genötigt sieht, alle Straßentiere einzusammeln und zu vergiften. Bis sich die entwischten Tiere wieder prächtig vermehren.

Kaum etwas kann den Deutschen auf die Barrikaden treiben, ihn zum Umsturz anstacheln oder gar zur Revolution bewegen, aber so eine städtische Maßnahme könnte es garantiert. Für die eigenen Rechte würden die meisten Deutschen nicht einmal den Hintern auf die Straße kriegen, von Demonstrationen und wütenden Protesten ganz zu schweigen, für Tierrechte aber schon. Du wirst hier selten von »gewaltbereiten Bürgerrechtlern« hören, aber öfter von »militanten Tierschützern«, die aus Laboren der Kosmetikindustrie Versuchstiere befreien, Pelzträger mit Farbe besprühen und sich der stillen Zustimmung der Mehrheit sicher sein können. Wenn es um Tiere geht, setzt beim Deutschen gerne mal der Verstand aus. Wenn er über sein Haustier spricht, ähnelt er unserem Schmacht- und Schnulzenbarden, der von der unerreichbaren Angebeteten singt: Sein Hund ist so klug, so unschuldig, tut niemandem mit Absicht weh, bellt kein böses Wort, ist immer treu, loyal und dankbar. Der beste Weggefährte, den er sich vorstellen kann. Er kann auch wunderbar die Mimik seines besten Freundes lesen. Während sich dein Wissen über die Mimik eines Hundes in einem einzigen Satz erschöpfen wird, nämlich: Der Hund bellt oder er bellt nicht, kann er dir ganze Vorträge halten über den Gemütszustand des Köters und wie dieser sich in der Schnauze des Vergötterten widerspiegelt. Darum würde er zum Beispiel der wackeligen Oma Lawrenz mit Gehhilfe sofort beipflichten, die über ihren kleinen Pudel »Blacky« schwärmte: »Und dann guckt er mich an, als ob er ganz genau wüsste, dass ich ihm ein klein bisschen böse bin, weil er schon wieder ein Fahrrad markiert hat, der kleine Schlingel ...« Dein Kulturguide sah hingegen nur einen einem Wollknäuel ähnlich frisierten, zitternden, kleinen Hund, der leidenschaftlich sein Geschlechtsteil abschleckte.

Blacky ist trotzdem für die alte Dame wichtiger als der Rest ihrer zerstreuten Familie, die sich nur an Weihnachten und Ostern blicken lässt und sich erst wieder vollständig um die Oma versammeln wird, wenn sie aufgebahrt im Sarg liegt. Noch aber ist die alte Lawrenz fidel, und solange sie lebt, wird es auch Blacky bis auf eine gute Kinderstube an nichts fehlen. Sie teilt mit anderen rüstigen Seniorinnen und glücklichen Hundehalterinnen denselben Albtraum: In einer unaufmerksamen Sekunde, wenn sie ein kleines Schwätzchen mit der Bäckereifachverkäuferin hält, könnte ihr sabbernder Liebling gestohlen werden und kurze Zeit später beim Chinesen im Kochtopf landen. Leider war es nicht möglich, eine statistische Erhebung über die auf der Herdplatte chinesischer Restaurants gelandeten Dackel, Pudel, Cockerspaniels, Zwergpinscher und Yorkshireterrier zu eruieren, aber in den Augen deutscher Omas muss die Anzahl verspeister Kleinhunde beim China-Mann gigantisch sein. Vielleicht ähnelt diese Furcht unserer Angst, die wir als Kinder hatten. Als unsere Eltern uns immer wieder einbläuten: »Entweder du bist jetzt endlich brav und gehorchst oder die Zigeuner kommen dich klauen.« Sie konnten uns zwar nie erzählen, was Zigeuner mit geklauten Kindern denn anstellten, und die meisten Erwachsenen hatten auch noch nie einen Zigeuner mit eigenen Augen gesehen. Machte aber nichts, allein die Drohung, sie würden uns klauen kommen, reichte. Oder wir tun den betagten Damen unrecht und der eine oder andere Kläffer landet tatsächlich beim Chinesen auf dem Teller. Man kann die Angst durchaus nachvollziehen, denn Deutsche lieben ihre Tiere wirklich und Omas die ihren eben besonders innig. Ihre Liebe zu Tieren geht so weit, dass viele sie im eigenen Bett schlafen lassen. Allein die Vorstellung einer Katze oder eines Hundes im Ehebett würde deine Frau hysterisch aufschreien lassen, und selbst wenn du deinen Köter nur auf deiner Seite schlafen lassen würdest, dürftest du schon einmal die Scheidungspapiere vorbereiten.

So etwas könnte dir in Deutschland auf keinen Fall passieren, und falls du als Single unterwegs sein solltest und sehr an weiblicher Bekanntschaft interessiert bist, haben wir für dich einen ultimativen Tipp: Am schnellsten und häufigsten lernst du eine sympathische Frau kennen, wenn du mit einem Baby oder einem Hundewelpen spazieren gehst. Und da es mit Leihbabys in diesem Land schwierig ist, kannst du dich Besitzern von Welpen selbstlos als Hundesitter anbieten. Wenn du nicht schon bei deinem ersten Spaziergang im Park von mindestens fünf gut aussehenden Frauen angesprochen wirst, erstattet dir dein bescheidener Reiseführer augenblicklich das Geld für sein nichtiges kleines Werk zurück.

Sie sind hier zwar durch und durch »tierlieb«, bewundern das »Natürliche, Unschuldige am Tier«, züchten es sich aber in verschiedenen Rassen zurecht und stellen es wie ein neues Automodell zur Schau. Der Hund zum Beispiel soll nicht nur »charakterlich einwandfrei« sein, sondern auch genetisch rein. An der Spitze der Züchtung thront unangefochten der Deutsche Schäferhund. Dieses eigentlich hübsche

Tier dient seit Generationen dem Teutonen als Projektionsfläche urdeutscher Tugenden: stark, loyal, widerstandsfähig, zäh. Das arme Wesen wurde über die Jahrhunderte dermaßen überzüchtet, dass seine Hüften ruiniert sind, ihm sprichwörtlich der »Biss« abhandengekommen ist und deshalb Polizeihundeschulen notgedrungen auf andere Hunderassen zurückgreifen.

Deutsche vergöttern Haustiere, essen aber Fleisch von Nutztieren, die in Massenställen und Legebatterien gehalten werden. Sie würden Muslimen in diesem Land das Schächten am liebsten verbieten, weil diese Tötungsmethode »so grausam ist und die Tiere dabei fürchterlich leiden«. Es stört sie aber nicht sonderlich, wenn mit Beruhigungsmitteln vollgepumpte Schweine in Käfigen durch halb Europa transportiert werden. Oder Puten zeit ihres kurzen Lebens kein Tageslicht sehen, weil sie mit monströsen Brüsten in einem dunklen, überfüllten Stall über den Boden schleifen. Eine EU-genormte Kuh bekommt Kraftfutter statt Gras zu essen, sie wird niemals über eine saftige Wiese stampfen, genug Platz haben und sich natürlich fortpflanzen, aber dafür wird sie mit einem industriellen Bolzenschuss human getötet werden. Selbstverständlich hat sie es ungleich besser als ein morgenländisches Rindvieh, das nach einem passablen und wesentlich längeren Leben auf den Feldern zum Opferfest geschächtet wird. Mancher Hundehalter wird, ohne mit der Wimper zu zucken, seinem alten Rottweiler ein künstliches Hüftgelenk im Wert von mehreren Hundert Euro spendieren, aber keinen Euro extra beim Schlachter ausgeben, denn Fleisch zum Essen muss billig sein, das ist ein Grundrecht deutscher Konsumenten. Nur wenige glückliche Haustierbesitzer sind Vegetarier, prangern Massentierhaltung an, ernähren sich »biologisch«, weil sie den Widerspruch sehen.

Für die Mehrheit ist dieser Zwiespalt keiner, wie auch für dich nicht, lieber Freund, denn du musstest vermutlich erst im Wörterbuch nachschlagen, um zu erfahren, was ein »Vegetarier« nicht tut. Und da du es jetzt weißt, ist dir klar, dass so einer in unserer Gegend glatt verhungern würde, weil es kaum ein Gericht ohne Fleisch gibt. Darum sind Vegetarier bei uns auch so selten wie Anhänger der gleichgeschlechtlichen Liebe.

In diesem Land lebende Orientalen werden dir erzählen, Haustiere würden bei Deutschen fehlende Familie und Freunde ersetzen. Statt sozialer Kontakte würden sie ihre Vierbeiner und anderes Getier pflegen. Vielen seien Tiere wichtiger als Kinder. Diese Thesen greifen zu kurz: Tiere sind für die Halter nicht Ersatz, sie sind oft die Hauptsache im Leben, obwohl sie noch soziale Kontakte haben. Manche Alte setzen ihr Haustier sogar als Haupterben ein oder vermachen ihr gesamtes Vermögen dem Tierschutzverein. Selbst wenn du es aufrichtig versuchst, werden sich dir manche Aspekte dieser »tierischen Liebe« niemals voll und ganz erschließen. Gräm dich deswegen nicht, Bruder, du musst nicht alles verstehen. Es genügt, wenn du es so betrachtest wie ein Mann von der Schwarzmeerküste, der für einen Monat seine Verwandten hier besuchte und beim Anblick einer Hundespielwiese lakonisch bemerkte: »Oh Mann, ich wäre lieber der Köter einer reichen Deutschen als der Sohn eines armen Bauern.«

Deutsch ist schöner wie Englisch – Deutsche Sprache, schwere Sprache

Deutsche sind hart zu sich selbst, lieber Petersilien-Palästinenser! Viel härter, als wir zu uns sein könnten. Wir haben Selbstkritik so gern wie der Alkoholiker eine Flasche »Becks Fun«. Andere sind schuld, und wenn kein anderer Schuldiger in Sicht ist, hat uns das Schicksal übel mitgespielt. Wehklage über Gott, Kismet, finstere Mächte und böse Mitmenschen ist unsere Kernkompetenz, nicht Selbstanklage. Hier verhält es sich genau andersherum, der Deutsche ist ein Hohepriester der Selbstkritik und seine Werkzeuge dazu sind vielfältig wie die einer erfahrenen Domina. Kein anderer Staat hat die Regeln der Globalisierung dermaßen verinnerlicht wie Deutschland. Seitdem es länderübergreifende Vergleiche von der Bildung bis zur Blinddarmoperation gibt, haben sich Land und Leute freiwillig einer Großinventur unterzogen und schonungslos alle Defizite und Nachteile des »Standorts Deutschland« benannt. Als Folge wurde »der Laden auseinandergenommen, der Gürtel enger geschnallt, alles umgekrempelt, kein Stein auf dem anderen gelassen, aufgeräumt, Arbeitszeit verlängert, Freizeit verkürzt, der Hintern aufgerissen und jedem Unwilligen der Marsch geblasen«. Jetzt ist das Land gut gerüstet für den globalen Wettkampf und immun gegen Inflation, Deflation, Rezession und Depression, wie die jüngste Banken- und Wirtschaftskrise auf beeindruckende Weise gezeigt hat. Nur einen echten Standortnachteil können sie nicht wettmachen, selbst wenn sie wollten: die deutsche Sprache. Sie ist so übersichtlich wie der Wochenmarkt in Kalkutta, so transparent wie ein Sandsturm in der Sahara und so klar wie ein nasskalter Dezembertag in Hamburg.

Entwickle also keinen allzu großen Ehrgeiz, diese Sprache während deines Trips beherrschen zu wollen, lieber Gast, du kannst nur scheitern. Genauso gut könntest du versuchen, einen tonnenschweren Stier zu reiten. Es reicht, wenn du es zur Freude der Einwohner tapfer versuchst und Niederlagen sportlich nimmst. Selbst viele Einheimische stehen mit ihrer eigenen Sprache auf Kriegsfuß, sie pflegen eine von Generation zu Generation tradierte Hassliebe zur eigenen Muttersprache. Kulturkämpfe trägt der Deutsche eigentlich selten aus, aber wenn er es doch tut, geht es meistens um Sprache und Orthografie. Wir wissen nicht, ob der Deutsche seine Sprache so kompliziert gemacht hat oder ob die Sprache den Deutschen verkompliziert hat, aber sie passen gut zusammen. Müsste man Deutsch mit einem Wort beschreiben, würde »sperrig« passen, noch besser »Ausnahme«. Deutsch hat Artikel für männlich, weiblich, sächlich, komm aber nicht auf die Idee, sie eins zu eins zu verwenden, oder hast du herausfinden können, warum die Garderobe weiblich, der Schrank aber männlich sein soll? Wieso die Tüte weiblich, aber der Sack männlich ist? Klar, auswendig lernen heißt die Devise, aber wo fremdländischen Grammatiken schon längst die Regelluft ausgehen würde, kann die deutsche locker weitergaloppieren: Es gibt nämlich auch Substantive mit schwankendem Genus, sie wechseln – man weiß nicht, warum – manchmal das Geschlecht, so ist »der Radar« völlig korrekt, aber »das Radar« auch. Und das Wort »Dschungel« ist der Kaiser der Geschlechtsumwandlung, »der/die/das Dschungel« sind alles richtige Versionen. Jede Sonderregel gleicht einer Rauchbombe, die deine Sicht auf die Struktur dieses handlichen Zungenschlags weiter vernebeln wird. Allein mit Ausnahmen bei der Artikelanwendung könnten wir den ganzen Reiseführer füllen und du würdest das Buch nach gründlicher Lektüre zuklappen und keinen Deut schlauer geworden sein. Oder fandest du den letzten Satz einfach, elegant?

Deutsch am Deutschen sind auch die sechs verschiedenen Zeitformen, denn selbst die Grammatik ist reicher als unsere. Wir haben zumeist eine Vergangenheits- und eine Gegenwartsform, dazu auch noch eine Zukunftsform, die wir aber orienttypisch selten benutzen. Höchstens, wenn wir jemandem gründlich die Pest an den Hals wünschen und detailliert aufzählen, welche Plagen ihn zukünftig ereilen sollen: »Verrecken sollst du, Gott wird dir dein lügnerisches Maul schon stopfen und deine Kinder werden schwachsinnig durch die Gegend humpeln und schielen, du Hurensohn! Deine Frau wird deinen Schwanz abschneiden und ihn an die Würmer verfüttern, du dämlicher Ochse!« Ansonsten sind wir froh, wenn wir Vergangenes vergessen und die Gegenwart gemeistert haben, bei allem Zukünftigen könnten wir genauso gut den Kaffeesatz lesen. Nicht so der Deutsche, er legt in drei verschiedenen Formen, dem Präteritum, Perfekt und Plusquamperfekt, mikroskopisch genau Zeugnis über seine Handlungserfolge in der Vergangenheit ab. Zugleich hantiert er mit zwei Zukunftsformen herum, Futur I und II. Er kann nicht nur zukünftige geplante Aktionen in Worte kleiden, er hat seinen Kosmos dermaßen im Griff, dass er auch seine zukünftige Großtat mittels Futur II schon als abgeschlossen darstellen kann: »Natürlich werde ich ein geräumiges Haus mit Partykeller, Fußbodenheizung und ferngesteuertem Garagentor gebaut und eine Familie mit einer gut aussehenden, aber klugen Frau und zwei intelligenten Kindern gegründet haben.« Spätestens jetzt solltest du beeindruckt vor so viel Wille, Vorstellung, Planungsallmacht und Durchführungskraft den Hut ziehen.

Bei Verben sieht es nicht viel anders aus. Wir setzen sie

hauptsächlich in ein Tempus und schließlich ins Aktiv und Passiv, meistens zwar ins Aktiv, obwohl das Passiv viel besser zu unserem angeborenen Fatalismus passt, da wir mehr mit uns machen lassen als machen. Über so viel – nun ja – angewandte Schlichtheit würde der Deutsche milde lächeln. Zunächst unterscheidet er das Verb morphologisch, in finite (bestimmte) und infinite (unbestimmte) Formen: »Töte den Kreuzzügler« ist zum Beispiel sehr finit, so würde es etwa der einfache Mullah von der Dorfmoschee im pakistanisch-afghanischen Grenzgebiet sagen, aber sein Spiritus Rector Osama bin Laden würde es infiniter ausdrücken: »Grundsätzlich sollten wir jedem Kreuzzügler den Weg ins Jenseits ebnen.« Und weiter in regelmäßige und – das wird dich jetzt wirklich überraschen – unregelmäßige Verben, wobei die regelmäßigen wegen ihrer devoten Konjugationsfügsamkeit auch »schwache Verben« genannt werden: »Keine Ahnung, wie ich in einem Puff voller Nataschas landete, mein Schatz«, würde der Familienpascha schwächlich beteuern. Aber für eine Heldenanekdote aus seiner Jugend würde er natürlich unregelmäßige starke Verben, mit wechselnden Stammvokalen benutzen: »Als sie meine Mutter eine Hure hießen, schwor ich auf den Koran und schlug den drei Typen die Nasen zu Brei!«

Sei tapfer, liebe Leserin, es geht noch weiter. Danach unterscheidet der Deutsche seine Tätigkeitswörter nämlich syntaktisch, in Voll- und Hilfsverben, in persönliche und unpersönliche, reflexive und reziproke. Vollverben sind natürlich potenter, können selbstständig und proaktiv Satzaussagen bilden: »Ich liebe afrikanischen Tanz«, würde die begeisterte deutsche Kursteilnehmerin, Ende vierzig, in der Volkshochschule schwärmen. Ein Hilfsverb würde sie aber für folgende Aussage benutzen: »Afrikaner haben so schöne Haut.« Das persönliche Verb würde der Patient in der Sprechstunde benutzen: »Herr Doktor, ich haare«, dagegen würde er bei der Beschreibung seiner Verstopfung unpersönlich werden: »Es drückt da unten.« Reflexiv ist bei esoterisch angehauchten Großstädterinnen auf Sinnsuche angesagt: »Ich will mich wieder fühlen.« Reziprok ist die Sprache von Fußballfans: »Spielt zusammen, ihr Scheißmillionäre!« Und wenn man sonst nichts zu tun hat, kann man die Verben auch noch semantisch in verschiedene Aktionsarten einteilen: in Handlungsverben, wiederum bei Fußballfans beliebt: »Lauf, du Sau!«; in Vorgangsverben: »Mutti ist ja ganz schön geschrumpft«, würde Sohnemann beim ersten Besuch im Seniorenheim nach drei Jahren konstatieren. Würde Mutti sich über das Heim beschweren und in eine anderes Heim umziehen wollen, bekäme sie eine Antwort mit lauter Zustandsverben: »Bleib mal schön hier wohnen, Mutti, weil ist für mich billiger.«

Alle weiteren Unterabteilungen bei der Klassifizierung wollen wir dir gerne ersparen und nur noch anfügen, dass du global betrachtet gerade einen kurzen Blick auf die Spitze des deutschen Sprachgebirges geworfen hast, mehr nicht. Es ist nicht verständlich, warum sich dieses Land mit Flüchtlingen aus der Dritten Welt so schwer tut, das Prozedere der Abschiebung kompliziert und langwierig ist. Rätselhaft, warum die Grenzbehörde die schärfste und zugleich humanste Abschiebungswaffe nicht verwendet: Der Grenzbeamte müsste nur jedem Asylbewerber oder Wirtschaftsflüchtling eine vollständige Ausgabe der Deutschen Grammatik in die Hand geben, ihn eine Weile darin stöbern lassen und schließlich fragen: »Willst du dir das wirklich antun?«

Schließlich weiß der Beamte, wovon er redet, genauer gesagt weiß er sehr genau, warum er selbst die Grammatik niemals aufschlägt und sie bei ihm als Nachtlektüre so beliebt ist wie die Steuergesetze. Wie die meisten Deutschen prallte er mit der Grammatik seiner Muttersprache einmalig in der Schulzeit zusammen, und für den Rest seines Lebens legt er keinen Wert auf eine weitere Konfrontation. Kaum ein Lernstoff ist bei hiesigen Schülern verhasster als die Grammatik. Inzwischen solltest du auch eine Ahnung haben, warum. Deutsche sprechen ihre Sprache einfach, so wie wir unsere Sprachen, und ähnlich elaboriert geht es im Alltag zu. Darum wollen wir dich mit ein paar Standards aus dem prallen Leben ausstatten, damit du nicht des Öfteren irritiert in den Sprachführer gucken musst. Wenn der Deutsche vergleicht, benutzt er lieber »wie« als »als«: »Die Schnitte ist doch viel schöner wie meine alte!«, »Hallo, der Typ ist doch nichts für mich, der ist doch echt viel älter wie ich!« oder »Langsamer wie du arbeitet nur noch meine Mutti, und die ist achtzig und hat nur noch ein Bein!«. Dafür kann er aber, was seine akademischen Landsleute nicht können, den Superlativ von »einzig« bilden: »Das war die einzigste Flasche Bier, die ich getrunken hab, Herr Polizist, ich schwör, ne. Keine Kurzen, kein Whisky!« oder »Das Einzigste, was ich mir vorwerfen tu, ist, ich war zu nett zu dir. Sonst gar nichts«.

Er ist tolerant und honoriert durchaus, wenn der Dönertürke seines Vertrauens über dasselbe Sprachniveau verfügt, obwohl er ja Fremdländer ist: »Du, Özkan, ich sach mal so: Du tust echt gut Deutsch sprechen, da kann sich hier mancher Deutscher ne Scheibe von abschneiden, echt.« Berichtet vor allem eine junge Deutsche von einem vergangenen »echt krassen« Gespräch, dient ihr das Wort »so« immer als Einleitung: »Und ich so: Nee, ist nicht, ich bin doch nicht blöd! Und er so: Ja, ich auch nicht, du hast doch angefangen. Dann ich so: Hey, ich glaub, du hast ne Macke, ich und anfangen, du bist doch immer so schnell auf 180. Und er so: Ja, wenns dir nicht passt, können wir Schluss machen oder so. Und ich so: Ey, wie bitte, wegen so 'nem Spruch gleich Schluss machen und so, ey, wie scheiße ist das denn? Er so, voll cool, ne: Dann ist jetzt Schluss, kein Bock mehr. Dann war ich voll wütend und mein so: Ja, dann ist jetzt Schluss. Aber komm nicht nachher so angekrochen, hab kein Bock drauf und so. Er so: Kannst lange warten. Ey glaubst du das, Jenny, so voll der Arsch, der Typ!« Den Genitiv ersetzen Deutsche geschlechts- und altersübergreifend durch den Dativ, statt »die Treppe des Hauses« sagen sie lieber »die Treppe vom Haus« oder »die Treppe von dem Haus da«. Seit einigen Jahren hat sich selbst bei gebildeten Deutschen ein neuer Trend bei der Formulierung von »weil«-Sätzen durchgesetzt. Früher hieß es: »Ich kann dazu nichts sagen, weil ich keine Ahnung habe«, heute heißt es: »Ich kann dazu nichts sagen, weil ich habe keine Ahnung.« Oder: »Ich denke mal, da gibts wieder Stress, weil der Zigeuner ist ja vom Wesen her heißblütig.«

Was Sprachforschern seit Jahrzehnten nicht gelingt, macht der Volksmund automatisch und ungefragt. An Stellen, die ihm unhandlich erscheinen, biegt er sich seine Muttersprache gnadenlos zurecht und ignoriert grammatikalische Regeln, was verständlich ist, denn für Einheimische gilt gleichermaßen wie für Ausländer: »Deutsche Sprache, schwere Sprache.« Rührend klingt das Deutsche, wenn zum Beispiel ein emotional unterkühltes Prachtexemplar wie der derzeitige Finanzminister Ziel von parteiinternen Lobpreisungen wird und sich darüber verbal erfreut zeigen möchte: »Ich würde lügen, wenn ich behauptete, das Lob hätte nicht gutgetan.« Leider haben wir keine Erkenntnisse über die Gehirnwindungen, die nötig sind, um so eine verschwurbelte Aussage zu produzieren. Nur ein orientalischer Zungenschlag kann es mit dem Deutschen an Komplexität und ozeanischer Regelkunde aufnehmen: das Arabische. Mit seinen Wurzelbuchstaben, dem Hoch- und Umgangsarabisch, der Zahlengrammatik und Vieldeutigkeit bringt es selbst Fachkundige zum Verzweifeln.

Einmal in Fahrt, machte die Reformwut der Deutschen auch vor der Orthografie nicht halt; wenn man schon die gesprochene Sprache nicht aufhübschen konnte, wollte man wenigstens die geschriebene Sprache vereinfachen und fit fürs neue Jahrtausend machen. Damit wären wir beim oben erwähnten Kulturkampf. Wenn du ein Negativ der deutschen Seele entwickeln willst, kannst du auf jeden Fall die Geschichte und das Ergebnis der Rechtschreibreform nehmen. Sie enthält alle typisch deutschen Zutaten: Rechthaberei, exzessive Gründlichkeit, föderales Stimmengewirr, prinzipielle Überhöhung, hysterische Töne und Untergangsszenarien am laufenden Band. Eigentlich sollte eine Kommission die Rechtschreibung vereinfachen, aber schon beim ersten tatsächlich unschlüssigen Entwurf gab es einen Aufschrei, als ob die Regierung beschlossen hätte, den heiligen Jahresurlaub abzuschaffen. So gut wie niemand war mit den vorgeschlagenen Änderungen einverstanden, und jeder sah gleich das Ende der deutschen Sprache, ergo der deutschen Hochkultur, am Horizont. Lehrer und Schüler stürzten ins seelische Chaos, weil keiner die neuen Vereinfachungen genau verstand oder anwenden konnte. Verwirrung und Unsicherheit krochen Betroffenen unter die Haut. Zeitungen und Magazine bekannten sich feierlich unter der Rubrik »Hausmitteilung« zur neuen oder zur alten Rechtschreibung oder zu einer selbst kreierten Mischform, und natürlich erreichten erste Klageschriften die Gerichte. Denn Anarchie jagt Deutschen grundsätzlich den Angstschweiß in den Nacken, selbst die orthografische. Also wurde die Rechtschreibreform noch einmal reformiert, anschließend nachgebessert, danach partiell überarbeitet und korrigiert und schließlich geglättet und geliftet. Währenddessen konntest du den deutschen Kulturpudel bei seinem Paradekunststück bewundern: Vereinfachung durch Verkomplizierung. Das ist die wahre deutsche Definition des Wortes »Reform«. Sie wollen andauernd erneuern, verbessern, vereinfachen, ohne dabei auf das alte, gewohnte, mehr oder weniger Bewährte zu verzichten. Sie ähneln der Firma Microsoft, die fast jährlich eine neue Version ihres allseits in sozialistischer Brüderlichkeit verhassten Betriebssystems Windows auf den Markt schmeißt und jedes Mal verkündet, um wie viel einfacher, schneller und absturzsicherer die neue Version doch werden wird. Und dafür gerechterweise jedes Mal globales Gelächter erntet. Über das finale Ergebnis der Rechtschreibreform freuten sich am meisten Millionen von Legasthenikern. Endlich sind bei vielen Wörtern mehrere Schreibweisen erlaubt, also macht man weniger falsch: »Delphin« gilt noch, aber »Delfin« ist auch erlaubt, »Geographie« schreibt nur noch der Snob, gängiger ist jetzt »Geografie«.

Wenn du bereits sprachlich vorbereitet in dieses Land kommst, solltest du im niedersächsischen Hannover landen, dort wird nach allgemeiner Einschätzung das klassische Hochdeutsch gesprochen. Hannover bietet laut Untersuchungen den Bewohnern auch den höchsten Lebenskomfort, was man sich als Ortskundiger durchaus vorstellen kann, auch wenn es für Touristen nicht übermäßig viele Attraktionen zu bewundern gibt. Bewohner anderer Großstädte urteilen darum wohl etwas gehässig über die freundliche Stadt: »Hannover, die Stadt mit dem gewissen Nichts.« Vermutlich spricht da purer Neid auf die bessere Lebensqualität und das lupenreine Hochdeutsch, denn alle anderen Regionen pflegen Mundarten, die für dich unterschiedlich schwer zu verstehen sein werden. In der Hauptstadt regiert das »Berlinerische«, das synonym ist mit der bundesweit berühmten und gefürchteten »Berliner Schnauze«. Statt »ich« sagen sie »icke«, statt »gut« »jut« und statt »die Kleine« »die Kleene« und beschließen jeden Satz gerne mit einem »wa!«. Berliner sprechen nicht, sie bellen, zackig, kurz, abgehackt. Es soll Leute geben, die das »Berlinerische« tatsächlich charmant und lustig finden, und wenn du masochistische Züge hast, wirst du Freude an dem städtischen Busfahrer haben, wenn er dich wegen irgendeiner Lappalie anschnauzt, oder an der schwergewichtigen Schlachtereifachverkäuferin, die zum Vergnügen aller Schlangestehenden einen anzüglichen Witz auf deine Kosten macht. Weiter südlich ist das »Sächsische« beheimatet, und du wirst tapfer und regelmäßig nachfragen müssen, weil die Sachsen selbst für ihre Landsleute schwer zu verstehen sind. Sie runden alle Vokale konsequent zu einem eigenartigen Laut ab, der schwer zu beschreiben ist. Egal, was sie als Vokal in den Mund nehmen, am Ende kommt immer ein seltsames »äö« dabei raus. Dazu stehen sie mit »p« und »b« auf Kriegsfuß und jedes Wort scheint irgendwie dunkel im hinteren Rachenbereich zu enden. Sie klingen immer ein bisschen beleidigt und wehleidig, und es ist nicht mehr feststellbar, ob ihr Dialekt ihre Mundwinkel so konsequent nach unten zieht oder ihr Gemüt. Dafür sind sowohl der sächsische wie der berlinerische Kulturraum modisch republikweit führend. Berlin ist die Strähnenmetropole, und du wirst staunen, in welchen Farben von Neongrün bis Schwefelgelb die Frauen Strähnen zu ihrem angeborenen Straßenköterblond tragen. Dazu transparente weiße Leggings, bauchfreie Tops mit Speckbäuchen und Paillettenblusen, die jedem iranischen Import-Export-Verkäufer die Schamesröte ins Gesicht jagen würden. Auf den Köpfen sächsischer Frauen wirst du alle Rotschattierungen finden, zu denen die deutsche Chemieindustrie in der Lage ist. Und die Fingernägel erstrahlen gleich in mehreren Neonfarben, mit dekorativen Strasssternchen verziert.

Im Südwesten des Landes ist das Schwäbische beheimatet, und nimmt man den Dialekt als Maßstab für Frohsinn, könnte man etwas derb, aber treffend sagen, dass den Schwaben »die Sonne aus dem Arsch scheint«. Innerhalb eines dreisilbigen Wortes wechseln sie mindestens zweimal die Tonart, ertränken jedes Wort in einem unnachahmlichen Singsang und stopfen mit Vorliebe in Begriffe ein »sch« rein, wo eigentlich keines hingehört. Statt »ist« sagen sie »isch«, statt »musst« »musch«. Und vor allem verniedlichen sie gnadenlos jedes Wort mit dem Suffix »le«. Klingt doch viel harmloser, wenn ein Junkie sich seine »Drögele« spritzt statt harter Drogen. Gäbe es in diesem Land noch die Todesstrafe, und du hättest jemanden ermordet und wärst zum Tode verurteilt, würdest du dir als letzten Wunsch auf jeden Fall ein schwäbisches Erschießungskommando wünschen. Die Jungs würden »erscht mal« ihre »Spätzle« essen und dann mit einem fröhlichen »Ha noi!« dir die »Kügele« in »des Leible« jagen. Du würdest mit einem Grinsen den Styx überqueren, Ehrenwort.

Ihre östlichen Nachbarn sind die Bayern. Deren Mundart klingt etwas bräsig, sie sprechen nicht, sie brummen, derb, missmutig und tief. Sie sind die Araber Nordeuropas und schimpfen am liebsten über die »Saupreißn«, womit grundsätzlich alle anderen Deutschen gemeint sind. Sagen »hoam« statt »heim«, »Buam« statt »Buben«, beginnen und beenden den Tag gerne mit Bier. Sind zwar stolz auf Lederhose, Brezel, Oktoberfest, Volksmusik, ihr Bayerntum allgemein, leiden aber unter dem Spott der Restrepublik, die gerne zwischen Deutschen und Bayern unterscheidet.

Wir wissen nicht, ob es am Kohlenstaub liegt, aber im Westen, im Ruhrpott, scheinen die Leute alle mit einer übergroßen Zunge auf die Welt zu kommen, zumindest kriegen sie ihre Zunge beim Sprechen kaum gebändigt. Sobald ein Wort ein l enthält, schießt die Zunge aus dem Mundraum und es dauert, bis der Sprecher sie wieder eingefangen hat, »Schal, Geld, viel, mal«. Sie sagen auch »wat« statt »was« und »dat« statt »das«, und rein von der Lautstärke können sie es locker mit uns Orientalen aufnehmen. Vielleicht haben sich besonders viele Ausländer im Ruhrpott angesiedelt, weil auch die Einheimischen unter anderem mit Personalpronomen ihre liebe Mühe haben: »Gib mich die Kirsche!«, wie es einst ein berühmter Fußballer des Ruhrpotts ausdrückte.

Der Norddeutsche wäre mit seinem Dialekt eigentlich ein Fall für den Kieferchirurgen, weil er beim Sprechen kaum den Mund aufkriegt. Alle wesentlichen Laute werden mit den Lippen gebildet, während der leicht geöffnete Mund nur die Luft dazu liefert, sonst hat er keine Funktion. Mimisch bewegt sich beim »Fischkopp« nicht viel, ob er nun hellauf empört ist oder überschwängliche Freude empfindet. Er sagt »Moin« statt »Morgen«, »Tach« statt »Tag« und seine liebste Einleitung ist: »Ich sach ma so ...« oder »Ich sach ja nix, aber ich sach ma so ...«. Meistens haut er das a so platt wie eine Flunder und spricht kurze Brocken wie: »Ach was?«, »Na, du Spacken?«. Wenn er einsichtig ist, was durchaus mal vorkommt, beginnt er seine Antwort gerne mit: »Ja, nee, ist klar ...« Je höher sein Alkoholspiegel, desto mehr zieht er mehrere Wörter zusammen und spricht schon mal einen ganzen Fragesatz wie aus einem Guss, sagt »Glaubsuass?« und meint eigentlich »Glaubst du das?«. Er lässt sympathischerweise keinen Raum für Missverständnisse in der Kommunikation, ist eindeutig in seinen Aussagen; wenn ihm etwas nicht passt, gibt er ein prägnantes »Arschlecken« von sich, ist er einverstanden, folgt ein kurzes »Jupp«. Geschwätzigkeit liegt ihm fern und er ist in der Lage, jede noch so komplizierte Frage mit einem einzigen kurzen Satz zu beantworten. Würdest du ihn zum Beispiel fragen, warum ihn denn seine Frau nach vierzig Jahren Ehe verlassen hat, würde er lakonisch antworten: »Ja, sie hatte was Besseres vor.« Er klagt nicht, jammert nicht und hält seinen Gemütszustand ein Leben lang auf konstant unaufgeregtem Pegel, beantwortet jede Frage nach seinem Wohlbefinden grundsätzlich mit: »Muss ja.«

Liebend gern würden Deutsche aus ihrem Zungenschlag eine Weltsprache wie das Englische oder Französische machen und durch ihre in den meisten Ländern präsenten Goetheinstitute die Menschheit mit deutscher Kultur beglücken,, aber den Vorsprung der restimperialistischen EU-Nachbarn England und Frankreich werden sie wohl nicht mehr einholen. Ihr Vorgehen ist auch etwas paradox, denn während sie großen Wert auf die Verbreitung ihrer Sprache und Kultur im Ausland legen, geben sie im Inland ihre Sprache bereitwillig auf. Jede noch so ranzige Kneipe bietet inzwischen »Coffee to go« an und hat fünf verschiedene Caffè-Latte-Variationen im Angebot. Beim Arzt lässt der Patient sich nicht mehr untersuchen, sondern ein »Check-up« machen, dem Hobbysportler fehlt nicht mehr die Energie für eine Extrarunde um den Teich, sondern die »Power«, der Autor hat nicht einen guten Schreibfluss, sondern einen »Flow« und der Angestellte freut sich nicht über eine Beförderung, stattdessen bekommt er einen »Kick«. Selbst ein Staatsbetrieb wie die Deutsche Bahn unterhält in Bahnhöfen nicht mehr Schalter, sondern »Counter«, was ihren lausigen Service auch nicht besser macht. Besonders die Elite der Gesellschaft gibt sich betont kosmopolitisch und spricht einen abenteuerlichen Mischmasch aus Deutsch und Englisch, der in seiner Krüppelhaftigkeit an die Sprachpanscherei deutschtürkischer Förderschüler erinnert. Beizeiten machen vor allem christdemokratische Politiker originelle Vorschläge, um die immer bedrohte deutsche Kultur und Sprache zu retten, mal soll sie in der Verfassung verankert werden, mal sollen alle Ausländer die deutsche Kultur gefälligst lieb haben. Dass sie mit ihrer liebesdienerischen Haltung gegenüber allen angloamerikanischen Einflüssen selbst vieles von der eigenen so schutzbedürftigen Kultur freiwillig preisgeben, verschweigen sie dabei gern.

Taktisch ist es nicht besonders klug, bei dem Thema immer wieder die Ausländer im Land zu attackieren; während die Deutschen sich nämlich emsig um die Verbreitung ihrer Sprache auf dem Planeten bemühen, werden die »Native Speaker« im eigenen Land langsam weniger. Sie sterben aus, und wenn sie nicht aufpassen, könnte sich die Sprache Goethes und Schillers, schneller als sie denken, in die Liga der toten Sprachen einreihen. Es sei denn, die von ihnen skeptisch beäugten Ausländer nehmen sich ihrer Sprache und Kultur an. Einen schöneren Albtraum kann man allen Stammtischpolitikern, Berufshetzern, Kulturkampf-Verkündern und Abendlandrettern nicht an den Hals wünschen: Millionen orientalischer Schwarzköpfe, die selbstlos Kultur und Sprache ihrer ausgestorbenen Gastgeber am Leben halten!

Im Koran steht aber … –
Religion zwischen
Tradition und Moderne

Vergleichst du in groben Zügen die deutsche Geschichte mit der Geschichte des Orients, lieber Bulgur-Bulgare, wirst du schnell auf eine Gemeinsamkeit stoßen: Deutsche sind nicht gerade wilde Revolutionäre, Aufwiegler, Umstürzler oder Berufsanarchisten. Genauso wenig wie wir. Sie neigen aber zur Bockigkeit und sind passionierte »Nein«-Sager im Stillen, während wir leidenschaftliche Jammerer und Zeterer im Lauten sind. Ihr prinzipielles »Nein« hatte kaum welthistorische Folgen, selten sind dem »Nein« Aufruhr und Umsturz gefolgt, so wenig wie unserem Grundjammer obrigkeitsgefährdende Aktionen entsprungen sind. Sie konservierten diese passiv-störrische Haltung über die Jahrhunderte und ließen das meiste über sich ergehen, perfektionierten die »innere Emigration«: Man war gegen die herrschenden Verhältnisse, gegen die Regierenden, gegen dies und das, aber man äußerte seine Ablehnung nicht, man schwieg und lief unauffällig mit.

»Ausnahmen aber bestätigen die Regel«, wie ein Sprichwort sagt, und das typisch deutsche »Nein« hatte tatsächlich einmal tief greifende epochale Folgen. Womit wir bei einer wahrhaft deutschen Erfindung wären. In der ersten Hälfte des 16. Jahrhunderts sagte nämlich ein großer Paradedeutscher namens Martin Luther ganz laut: Nein! Er war Theologe und hatte genug von der katholischen Kirche, genug von den Orgien im Vatikan, dem Ablasshandel, klerikaler Korruption, genug von kirchlichem Pomp und dekadentem Papsttum, er goss seinen Protest in 95 Thesen, die er – so die Legende – an die Tür der Schlosskirche zu Wittenberg nagelte. Salopp und verkürzt formuliert lehnte er den globalen Herrschaftsanspruch des Papstes ab und lag damit auf derselben Linie wie viele deutsche Landesfürsten. Ihm missfiel das Ablasswesen. Bereuen war zu einem Geschäft verkommen, es gab sogar kirchliche Ablasslotterien. Als Gläubiger konntest du Lose kaufen, und mit Glück war dein Los ein Treffer und du hattest sozusagen Ablasskredit für noch zu begehende Sünden. Außerdem war er gegen den Anspruch des Vatikans, die ultimativ letzte Instanz in sämtlichen Glaubensfragen zu sein, er wollte das Papsttum nicht als Relaisstation zwischen den Gläubigen und Gott. Der Gläubige sollte in ein Zwiegespräch mit Gott treten, sich ihm gegenüber verantworten und nicht dem Klerus. Redliches und rechtschaffenes Handeln war notwendig, aber keine Garantie für Gnade. Gott allein entschied, wem er seine Gnade zuteilwerden ließ und wem nicht, da konnte sich der Büßende noch so abstrampeln. Oder wie er selbst sagte: »Leiden, Leiden, Kreuz, Kreuz, ist der Christen Recht, das und kein anderes.«

Luthers Ansatz war so ketzerisch anders, der Protest gegen die katholische Kirche so fundamental, dass ihn natürlich der päpstliche Bannstrahl traf. Ausgestoßen aus dem Schoß der katholischen Kirche begründete Luther seine eigene, die evangelische. Die neue Kirche gewann bald weltliche Mitstreiter und ließ nicht locker, bis einige Jahrzehnte und viele Schlachten später die Landesfürsten selbst bestimmen konnten, welche kirchliche Ausrichtung sie ihren Untertanen verpassen wollten. Während der Norden langsam protestantisch wurde, blieb der Süden katholisch. Vor allem die Bayern blieben beim Altbewährten, was nicht weiter verwundert, weil sie sich schon immer eher als »Bayern« denn als »Deutsche« begriffen. Luther war ein beeindruckender kirchlicher Revolutionär, aber auch ein weltlicher Reaktionär, der die gottgewollte Zweiteilung der Menschen in Herrscher und Untertanen keineswegs infrage stellte, im Gegenteil: Als die Bauernkriege ausbrachen, schlug er sich vehement auf die Seite der Fürsten und Könige und meinte: »Man darf dem Pöbel nicht zu viel pfeifen, er wird sonst gern toll. Es ist billiger, ihm zehn Ellen abzubrechen, als ihm in einem solchen Falle eine Handbreit, ja, die Breite eines Fingers einzuräumen. Und es ist besser, wenn ihm die Tyrannen hundertmal Unrecht tun, als dass sie dem Tyrannen einmal Unrecht tun.« Unsere heimischen Potentaten würden begeistert zustimmen, sie würden diesen und ähnlich gelagerte Aussprüche des Reformators über jeden Gefängniseingang aufhängen lassen, wenn sie Luthers Werke kennen würden. Endlich mal ein sympathischer christlicher Theologe!

So gründlich hat es bisher kein Muslim mit dem Islam getrieben wie Luther mit dem Christentum. Es gab und gibt immer wieder zaghafte Versuche von gemäßigten Theologen, eine islamische Reformation in Gang zu setzen, aber sie wirken auf unsere Orthodoxie so furchterregend wie Schmeißfliegen auf einen Elefanten. Wir können nur eine echte Spaltung vorweisen, in Sunna und Schia. Die Schia entstand, als sich die Anhänger Alis abspalteten. Er war Schwiegersohn und Vetter des Propheten und der letzte der vier rechtgeleiteten Kalifen. Zwischen ihm und dem Statthalter Syriens, Muawiya, entbrannte ein Machtkampf um das Kalifat, und Ali zog den Kürzeren. Er wurde erdolcht, allerdings nicht von seinem Gegner oder dessen Leuten, sondern von einem ehemaligen Anhänger. Für Alis treue Weggefährten stand das Kalifat nur Hussein zu, dem zweiten Sohn Alis, der etwas später bei einer Schlacht im irakischen Kerbela durch die Truppen von Muawiyas Nachfolger getötet wurde. Damit war die Spaltung in Sunniten (die Mehrheit) und Schiiten (Parteigänger Alis) besiegelt. Später machten sich vor allem die Schiiten ein Hobby daraus, sich mehrmals untereinander zu spalten. Eine stattliche Anzahl von Untergruppen entstand, und jede Gruppe erklärte jede andere zu »Ungläubigen«, die man mit allen Mitteln bekämpfen musste, was sie auch brutal und inbrünstig tat. Innerhalb der Sunniten gab es genauso wenig eine Bewegung, die mit der Reformation vergleichbar wäre. Aber das wirst du alles sicherlich wissen, dich wird eine andere Frage viel mehr interessieren: Mit wem du als durchschnittlicher Muslim, der die fünf Säulen des Islams zwar verinnerlicht hat, aber auch gerne »alle fünfe grade sein lässt«, besser zurechtkommst, mit Katholiken oder Protestanten?

Wir wollen es bei der Beantwortung dieser Frage mit dem Volksmund halten und verzichten gerne auf eine wissenschaftlich korrekte Darstellung, schließlich willst du dir Land und Leute angucken und nicht an akademischen Kolloquien zu vergleichenden Religionswissenschaften teilnehmen. Nüchterner, verkopfter ist wohl der Protestant, lieber Mitmuslim, er ist individualistischer, eigenbrötlerischer veranlagt, strebt eher nach metaphysischem als nach profanem Glück. Er ist fleißig, strebsam, nicht umsonst spricht man hierzulande von der »protestantischen Arbeitsmoral«, er macht es sich wahrlich nicht leicht, und in seinem Inneren köchelt ein fortwährender Kampf zwischen Gut und Böse. Er fühlt sich an erster Stelle seinem Gewissen und seinem Gott verantwortlich, erst danach der Gemeinschaft, deshalb will er keine klerikale Hierarchie zwischen sich und dem Schöpfer, keinen irdischen Stellvertreter, der ihm vorschreibt, was er zu tun und zu lassen hat, er will den direkten Draht zum Chef. Er kann nicht wie seine katholischen Schwestern und Brüder einfach zur Beichte gehen und sich danach die Absolution abholen. Er beichtet nur Gott und hofft auf Gnade. Da er sich aber nie sicher sein kann, ob Gott ihm wirklich vergeben hat, läuft er meistens mit einem schlechten Gewissen durch die Gegend, was ihn oft zu einem galligen Zeitgenossen macht. Niemals könnte er nur stupide die Regeln seiner Konfession befolgen und alles andere dem Allmächtigen überlassen, das wäre ihm viel zu einfach, zu unreflektiert und vor allem zu billig. Das rechtschaffene Streben muss jede Faser seiner Existenz umfassen, er muss sein Tun permanent hinterfragen und erst wenn er mit Haut und Haar die Läuterung spürt, wenn die Katharsis positiv ausgefallen ist, kommt er der Erlösung näher. Für weniger ist sie nicht zu haben. Er gleicht Sisyphos und schleppt die Felsen seiner Missetaten den steilen Erlösungsberg hoch, aber seine Zweifel und das Schweigen Gottes stoßen den Felsen immer wieder hinunter.

Übertriebenen Hang zu Schabernack und Gelächter kann man ihm nicht vorwerfen. Er denkt nicht in Bildern, Gleichnissen, er denkt abstrakt, transzendental, er ist nicht barock, er ist Bauhaus. Den Protestanten kann man auch als die Blaupause des Deutschen schlechthin bezeichnen, als Prototyp. Natürlich gibt es bei Protestanten auch sämtliche Schattierungen in liberaler und antiliberaler Richtung und die konservativste Ausprägung ist der Calvinist, der asketisch und strebsam bis ins Mark ist. Ihm ist Lachen lästerlich, Bilder sind ihm verwerflich und Fleischeslust eine Sünde. Für ihn ist körperliche Liebe mehr Triebabfuhr als Quelle der Freude. Jegliches Vergnügen ist ihm zutiefst suspekt. Verstockt, bildarm und grau ist sein Leben, denn er ist nicht zum Spaß hier auf der Erde, sondern zum Arbeiten. Liberalere Ausgaben singen im Chor und geben sich auch sonst lockerer, weltlicher. Sie veranstalten Rockkonzerte, Partys und Tage der offenen Tür in Kirchen, damit ihr Glaube auf Außenstehende, die man begeistern will, nicht zu religiös, also zu abschreckend wirkt. Sie geben sich bürgernah und möchten im alltäglichen Leben mitmischen, möchten ein Stück weit dazugehören, dabei nehmen sie die Verwässerung ihrer Konfession gerne in Kauf. Mit dieser liberalen Gattung würden vor allem unsere modernen, Kopftuch tragenden, aber geschminkten Frauen gut zurechtkommen. Sie würden ihren protestantischen Schwestern begeistert vom ultramodernen Islam erzählen, wie frei sie das Kopftuch macht und wie toll der Koran über die Rechte der Frauen spricht. Dass unser Prophet eigentlich der erste Frauenrechtler der islamischen Geschichte war und Schwimmen im Ganzkörpergummianzug total viel Spaß macht. »Normale« Protestanten wären dein Fall, wenn du zur neuen islamischen Bourgeoisie gehörst. Sie sind ähnlich strebsam und wertekonservativ und sehen ihr gewinnbringendes Streben als gottgefälliges Tun an. Sie sind gesellschaftliche Leisetreter, ambitioniert, ehrgeizig, fleißig, geben sich aber betont bescheiden und würden ihren Reichtum niemals zur Schau stellen. Mit dem Calvinisten würdest du wunderbar zurechtkommen, wenn du ein Wahhabit aus Saudi-Arabien bist, denn seine Lebenseinstellung zeugt von ähnlicher Humorlosigkeit, Blutleere und Intoleranz. Auch er ist ein Verfechter der »reinen Lehre« und dogmatisch bis unter die Schädeldecke.

Heftige Zweifel, Selbstgeißelung, Askese, metaphysisches Grüblertum sind nicht Sache des Katholiken, lieber Explorer fremder Welten. Er treibt sich ungern im intellektuellen Zwischenreich der dialektischen Zweifel und Schattierungen zwischen Ja und Nein herum. Es gibt ein Schwarz und ein Weiß, Richtig und Falsch, Gut und Böse. Er würde seine Tage nicht mit chronischem Hinterfragen seines Handelns ansäuern, warum auch? Dafür ist sein Beichtvater zuständig, den er in regelmäßigen, aber niemals zu kurzen Abständen aufsucht. Für ihn hat alles seinen gewohnten, richtigen Platz. Seine Glaubensfragen beantwortet die Kirche, sein oberster religiöser Vorgesetzter ist der Papst, drüber ist nur noch der Allmächtige. Es gibt klare Gebote und Verbote, die nicht zu relativieren sind. Er hält sich ohne übertriebenen Ehrgeiz auf

Vollständigkeit an die Gebote, und wenn er trotzdem sündigt – er ist auch nur ein Mensch –, plagt er sich nicht zu lange mit Gewissensbissen, er beichtet, bereut und tut Buße, wie ihm der Priester vorgibt, und verlässt sich auf die Gnade Gottes. Gemeinschaft ist ihm wichtiger als seinem protestantischen Pendant, er ist gerne ein Schaf in der Herde des Hirten. Heiligenbilder, Reliquien und eine fette Prise Aberglauben gehören zu seinem Alltag wie umfangreiche liturgische Handlungen. In der Kirche will er mit seinesgleichen beten, andächtig die Predigt des Priesters über Jesus' dreifaltige Wundertaten hören, nicht ein Rockkonzert. Wer Musik hören will, soll in die Disco gehen. Er lässt gerne die Kirche im Dorf und kann sich an irdischen Genüssen erfreuen. Wozu sind sie sonst da? Auch würde er nicht öffentlich Wasser predigen und heimlich Wein trinken, dafür ist der Papst zuständig. Fehlbar ist der Mensch, unvollkommen, lasterhaft, aber nicht schlecht, bösartig. Und wenn er auf dem Weg der Läuterung rückfällig wird, es mit der Wahrheit nicht allzu genau nimmt, gar heuchelt, ist es zwar verwerflich, schlimm, aber keine Todsünde. Hauptsache, sein Geist war willig, auch wenn das Fleisch schwach war.

Wenn du über ein ähnliches Menschenbild verfügst – wovon wir ausgehen –, wirst du mit dem Katholiken vermutlich besser zurechtkommen, vieles wird dir vertraut erscheinen. Wir nehmen es im Glauben ebenfalls gerne konkret und halten uns wacker an die Gebote. Wir gehen zwar nicht zur Ohrenbeichte, dafür haben wir andere Hintertürchen, die uns im Sündenfall den Weg zur Besserung öffnen. Niemand wird wegen seiner Untaten bis in alle Ewigkeit verdammt. Selbst ein Mörder kann auf den Pfad der Tugend zurückkehren, wenn er aufrichtig Reue zeigt und Wiedergutmachung betreibt. Viele von uns nehmen ja gerne mit der Pilgerreise nach Mekka und Medina die letzte Läuterungsabfahrt und kommen verwandelt und mit Rauschebart zurück, rühren keinen Alkohol mehr an, beten fünf Mal am Tag und füllen bis zum Ableben ihr Konto mit gottgefälligen Taten auf. Nicht viel anders macht es der Durchschnittskatholik. Aberglauben ist bei uns ebenfalls weit verbreitet, denk nur an unseren »Nazarlik« (Talisman in Form eines blauen Auges aus Glas oder Porzellan), den wir millionenfach über unsere Haustüren hängen, damit er uns vor dem »bösen Blick« beschützt, oder an die in kleine Stoffbeutel eingenähten Koransuren, die wir um unseren Hals tragen, damit sie dieses oder jenes bewirken. Zusammenfassend ließe sich sagen: Arbeitstreffen und religionskritische Unterhaltungen kannst du wunderbar mit Protestanten abhalten, für Feierlichkeiten und den Austausch sagenhafter Geschichten voller Wunderheilungen aber solltest du Katholiken nehmen.

Protestanten und Katholiken sind zwar recht unterschiedliche Wesen, vor der gesetzlichen Kirchensteuer sind sie aber gleich. Diese Steuer ist eine weitere originär deutsche Erfindung. Wirst du in diesem Land als Deutscher geboren, zahlst du auch automatisch die Kirchensteuer, ob du willst oder nicht. Du musst erst schriftlich aus der jeweiligen Kirche austreten, damit die Steuer nicht mehr vom Konto abgebucht wird. Jedermann echauffiert sich gerne über diese »Unverschämtheit«, aber abgeschafft wurde die Kirchensteuer bis heute nicht. Sobald es um den EU-Beitritt der Türkei geht, kritisiert die aktuelle deutsche Regierung neben der andauernd »kritischen Menschenrechtssituation« mit Vorliebe das türkische Ministerium für religiöse Angelegenheiten. Der Staat dürfe doch die Religion nicht lenken und kontrollieren. Dies sei eine nicht akzeptable Einschränkung der Grundrechte. Bisher hat aber keine deutsche Regierung erklärt, warum der Staat immer noch willfährig den Inkassounternehmer für die Kirche spielt und seine sukzessive vom Glauben abfallenden Bürger mit der Kirchensteuer traktiert.

Jetzt schon hast du ein breiteres Wissen über Protestanten und Katholiken als sie über unsere Religion. Die Anzahl ihrer Informationsquellen hat sich in den letzten Jahren durch Internet und andere Medien zwar vervielfacht, aber ihre Kenntnisse über den Islam scheinen sich eher vermindert zu haben, wenn man den öffentlichen Debatten folgt und Äußerungen des einfachen Volkes dazu hört. Selbst Leute, die viel auf ihre Bildung halten, vertreten Meinungen, die besser in das Reich Ali Babas und der vierzig Räuber als in die reale Welt passen. Letzter Urknall des christlich-europäischen Unwissens war zweifellos der 11. September 2001. Seit den Anschlägen verbreiten sich die originellsten Theorien über Islam und Orient in Lichtgeschwindigkeit durch Zeit und Raum: Eigentlich ist der Islam nämlich gar keine richtige Religion, sondern eine christliche Sekte, die Araber haben sich damals alles von Christen und Juden, die sich auf der Arabischen Halbinsel rumtrieben, abgeguckt, und das nicht mal sonderlich geschickt. Der ganze Figurenhaushalt, Adam, Eva, Moses, Abraham, Engel und Teufel, das ganze göttliche Casting, alles kopiert. Mohammed hat im Gegensatz zu Jesus gar nicht gelebt und war bestimmt kein Prophet, er ist ein Mythos, eine Erfindung, den sie ein paar Jahrhunderte später dazugefügt haben, als sie merkten, hoppla, wir haben ja gar keinen Propheten! Selbst wenn es ihn gegeben hat, wurde ihm bestimmt nichts offenbart, der hat abgeschrieben, geschummelt, er hatte keine Visionen, sondern Epilepsie. Jesus konnte Brot teilen, Kranke heilen und übers Wasser laufen, der konnte nicht mal über eine Düne springen. Außerdem ist der Koran von europäischen Experten zigmal widerlegt worden, das Ding ist nicht mal halb so logisch wie die Bibel.

Erst die Europäer haben Orientalen im Zeitalter des Imperialismus zivilisiert und ihnen Kultur gebracht. Bis dahin kannten die nur Krieg, Blutrache, Stammesfehden, Harem, hausten in Jurten, ritten auf Kamelen und Pferden durch die Steppe und dachten, die Erde wäre eine Scheibe. Gut, später haben sie die halbe Welt unter dem Banner des Halbmondes erobert, aber das hatte weniger mit ihrem angeblich überlegenen Glauben zu tun als mit ihrer kriegerischen, fanatischen Ader, die litten unter dem ADS-Syndrom, waren hibbelig und konnten einfach nicht stillhalten, häuslich sein und sich einen Garten anlegen, die mussten immer – tribal, wie sie nun mal sind – durch die Gegend ziehen, das liegt denen im Blut. Und wenn sie sich mal alle paar Jahre irgendwo versammelt haben und eine Zeit lang friedlich waren, wurde es ihnen schnell langweilig, und sie haben sich dann gegenseitig die Köpfe eingeschlagen, um nicht aus der Übung zu kommen. Bis heute machen die das so. Selbst wenn sie beten, wirken sie irgendwie kriegerisch und bedrohlich, bei Fußballspielen zum Beispiel. Kurz vor dem Anpfiff schmeißen die sich plötzlich alle auf den Boden, beten und sagen dabei tausendmal: »Allahu akbar« (Gott ist groß), danach küssen sie auch noch den Rasen. Wie unhygienisch. Warum machen die es nicht wie die niedlichen Brasilianer? Die tragen etwa zehn Ketten mit Kreuzen um den Hals und nach jeder halbwegs gelungenen Aktion freuen sie sich wie die Kinder, bekreuzigen sich dreimal und schicken Stoßgebete nach oben, weil wieder irgendeine Großtante oder der Uropa gestorben ist. Das ist doch süß!

Solche fundierten Erkenntnisse können uns nicht stören, denn allen beleidigenden Provokationen setzen wir mit Vorliebe unser historisches Allwetterargument entgegen: Der Koran ist die letzte Offenbarung Gottes durch seinen Propheten Mohammed, ergo ist der Islam die jüngste und vollkommenste Religion. Das Alte und Neue Testament sind Vorläufer, die Bibel ist Version 1.0, aber unser heiliges Buch ist kein Upgrade, es ist das letzte, ultimative Update, Version 5.0, mindestens, überarbeitet, erweitert, fehlerlos und sicher vor theologischen Abstürzen. Wir waren schon zivilisiert, konnten lesen, schreiben, rechnen, Sterne lesen, als die Nordeuropäer mit ihren Wildschweinen in dichten Wäldern lebten, mit Keulen aufeinander losgingen und sich versehentlich wuschen, wenn sie einen Fluss überqueren mussten. Für jeden Furz hatten sie eine eigene Gottheit und haben sich trotzdem andauernd in die Hosen gemacht, weil sie Angst hatten, dass ihnen der Himmel auf den Kopf fällt. Sie sind so furchtbar stolz auf die Wiege des Abendlandes, das alte Griechenland, aber Aristoteles entdeckten sie erst wieder, nachdem wir seine Werke aus dem Arabischen zurückübersetzt hatten. Europa war kulinarisches Neandertal, erst durch Gewürze, Getränke und Speisen der Levante und des Orients wurde ihre Küche kultiviert, vorher kauten die Waldläufer übellaunig auf Baumrinden und Weizenhalmen herum und soffen Bier.

Hätte die Islam-versus-Christentum-Diskussion nicht einen bitterernsten Hintergrund, man könnte zum Spaß ganze Bücher mit Fantastereien und sagenhaften Geschichten über den jeweils anderen »Kulturkreis« füllen. Die Grundfrage, die sich durch alle Debatten zieht, lautet: Wie können wir uns vor dem islamisch-fundamentalistischen Terror schützen? Und es ist wirklich sagenhaft, welche Argumente und Einschätzungen selbst in seriösen Medien verbreitet werden. Oft ist von »dem Islam« die Rede, von »der islamischen Welt«, »den Muslimen«, als ob die islamische Welt, die sich über mehrere Kontinente verteilt, ein monolithischer, homogener Raum ist, in dem über eine Milliarde Muslime auf die gleiche Art leben und ihren Glauben praktizieren. Ist klar, der Talib in Afghanistan interpretiert den Koran in gleicher Weise wie der Muslim auf den Philippinen, in Malaysia und dem Jemen. Ist Verfechter der Scharia wie der Wahhabit in Saudi-Arabien, der Muslimbruder in Ägypten, der Schiit im Iran, der Sufi aus Tadschikistan und der Black Muslim in den

USA. Eine maghrebinische Muslima in Nordfrankreich interpretiert den koranischen Aufruf zum Dschihad exakt wie eine südafrikanische Slumbewohnerin, wie ein Grenzpolizist in Jakutien und der Moscheevorsteher in Schweden. Man kann nicht genug Beispiele anführen, um zu verdeutlichen, wie hirnrissig diese gnadenlose Vereinfachung ist, die hinter dem Begriff »die islamische Welt« steckt!

Spricht man umgekehrt pauschal von »der christlichen Welt«, wie es unsere Fundamentalisten tun, und schmeißt Katholiken, Protestanten, Orthodoxe, wiedergeborene Christen, Pfingstler, Mormonen, Presbyterianer und Zeugen Jehovas von Alaska bis Australien in einen Topf, wird man vom kollektiven Kopfschütteln geradezu erschlagen. Besonders gewitzte deutsche Experten gehen aber einen Schritt weiter und stellen rhetorische Fangfragen, wie etwa: »Islam und Demokratie – was sagt der Koran?«, »Warum ist jeder Muslim zum Dschihad verpflichtet?«, »Was sagt der Koran über die Rechte der Frauen, zur Gewalt in der Ehe?«, »Strebt der Islam die Weltherrschaft an?«. Schon greift sich die Teutonenleuchte eine Koranübersetzung, klopft pfadfindermäßig Sure um Sure nach Stichworten ab und kommt zu völlig überraschenden Ergebnissen: Der Koran ist nämlich durch und durch reaktionär, demokratie- und frauenfeindlich, anachronistisch, gewalttätig, fanatisch, der Muslim muss ja jedem Andersgläubigen zwanghaft die Kehle durchschneiden, denn er will immer als Märtyrer sterben, schließlich warten 72 Jungfrauen im Paradies auf ihn. Wie du weißt, verehrter Leser, haben sich Generationen von islamischen Theologen und etliche europäische Orientalisten jahrhundertelang an der Interpretation des Korans abgearbeitet, bis heute gibt es keine einzige allgemeingültige Auslegung, weil das Studium des heiligen Buches jeden Sprachkundigen vor unlösbare Probleme stellt: Im Hocharabischen, der Sprache des Korans, sind wie oben erwähnt viele Wörter mehrdeutig, schon der Übersetzungsversuch in eine andere Sprache gleicht einer ungewollten Interpretation, das Werk ist lyrisch, poetisch, formelhaft. Der berühmte Islamwissenschaftler Rudi Paret arbeitete jahrelang an einer deutschen Übersetzung des Korans und trotzdem zieren Tausende in Klammern gesetzte Fragezeichen und Alternativvorschläge seine Koranausgabe, immer dann, wenn er sich der Auslegung eines Wortes oder einer Passage nicht sicher war. Dem heiligen Buch der Muslime kann man also vieles vorhalten, mit Sicherheit nicht Eindeutigkeit.

Warum sich aber mit Haarspaltereien aufhalten? Paret und Konsorten waren lausige Amateure verglichen mit heutigen Feuilletonisten, TV-Experten und journalistischen Scharfmachern. Nimm einfach irgendeine Koranübersetzung, ignoriere 1300 Jahre Interpretationsgeschichte, und schon kommen dir Formulierungen wie »Im Koran steht aber eindeutig ...« wie von selbst über die Lippen. Mit dieser Methode kommen in Deutschland sogar Gerichtsurteile zustande: Eine deutsche Richterin verweigerte einer Landsfrau die Scheidung von deren prügelndem maghrebinischen Ehemann. Sie hätte mit Schlägen rechnen müssen, so die Richterin, schließlich würde eheliche Züchtigung zur Tradition und Kultur des Ehemannes gehören. Stehe ja so im Koran. Sie sei also selber schuld. Wenn schon eine Richterin aus dem Koran liest wie ein Vorschüler aus dem Bilderbuch, wie viel Differenzierungsvermögen kann man da von anderen erwarten?

Stell dir vor: Ein sudanesischer Theologe schwingt sich auf, das deutsche Bürgerliche Gesetzbuch auszulegen, weil eine deutsche Frau und ihr sudanesischer Mann die religiöse Scheidung wollen, und stell dir dazu die unvermeidlichen Reaktionen der deutschen Öffentlichkeit vor. Noch besser aber eine gebildete malaiische Muslima, die sich aus Interesse über »den Westen« informieren will und die Bibel in die Hand nimmt. Wie sie daraus wunderbar Ursachen für den

Hitlerfaschismus, Holocaust, Kommunismus, Hexenverbrennung, Zwangsmissionierung und Bushs katastrophale Außenpolitik destilliert, und natürlich auch erklären kann, warum manche Deutsche ihre Neugeborenen in die Tiefkühltruhe packen oder afrikanische Asylantenheime anzünden. Alles kein Problem, steht in der Bibel, schlag einfach nach!

In der hitzigsten Zeit der Kulturkampfdiskussion, als es nur noch eine Frage der Zeit schien, bis der Westen und der Osten wild aufeinander losgehen, gehörte es bei der westeuropäischen Kulturschickeria zum guten Ton, Provokantes über die islamische Welt zu äußern. Verzweifelte wie kreativ minderbemittelte Theatermacher drückten ihren jämmerlichen Zuschauerdurchschnitt etwas nach oben, indem sie den blutigen Kopf des Propheten zeigten oder voll verschleierte, darunter aber nackte Frauen über die Bühne hüpfen ließen. Skandal und Öffentlichkeit waren garantiert, ähnlich wie bei dem Karikaturenstreit. Grund für solche Aktionen war entweder die heilige künstlerische Freiheit oder die noch heiligere Meinungsfreiheit, die schon seit Jahrtausenden die westeuropäische Kultur zieren. Und wirklich jeder Muslim, der darüber nicht lachen konnte, zeigte damit ganz klar seine demokratiefeindliche Haltung und gehörte wieder zurück in die Heimat geschickt. Zwei Fragen wurden damals aber nicht beantwortet: Wem nützt es, wenn man in einer ohnehin schon dramatischen Situation immer wieder Öl ins brennende Feuer gießt? Vor allem aber, warum man eine fremde Religion durch stupide Karikaturen und herabsetzende Vergleiche wie »Islam = Faschismus« beleidigen muss, um sich der eigenen hehren Werte zu vergewissern?

Besonders aus den Beiträgen der eifrigsten Verteidiger abendländischer Werte quoll eine sagenhafte Empörung und Ablehnung gegenüber allem irgendwie Islamischen, die in ihrer Verachtung, ihrem Dogmatismus und Hass sehr an die Haltung ihrer heftig bekämpften Todfeinde erinnerte, der islamischen Fundamentalisten. Was aber Europäern genauso wie uns im Grunde Angst macht, wurde im Gekeife der Erregten nicht erwähnt: Da gibt es viele junge Menschen auf der Welt, die keinesfalls immer arm und verzweifelt sind. Teilweise haben sie sogar eine bürgerliche Herkunft, leben im Orient und in Europa. Aus kaum nachvollziehbaren Gründen entwickeln sie einen fundamentalen Hass auf alles Westliche und sind bis ins Mark fanatisiert. Im Kampf gegen »Juden, Kreuzritter, Imperialisten« und weltliche Staatssysteme halten sie es sogar für legitim, Frauen und Kinder zu töten. Genauso halten sie Mord an Mitmuslimen auf dem Weg zum Gottesstaat für gerechtfertigt. Sie sind dermaßen von der Richtigkeit ihres menschenverachtenden Kampfes überzeugt, ihr Glaube ist dermaßen unerschütterlich, dass sie bereit sind, das eigene Leben dafür zu opfern, oder wie sie es selber sagen: »Ihr liebt das Leben, wir lieben den Tod.« Welchen Glauben haben wir dem entgegenzusetzen? Wären wir bereit, für abstrakte Werte wie Demokratie und Freiheit unser Leben zu opfern?

Bei Ergreifung der Maßnahmen gegen islamistischen Terror spielt die deutsche Regierung, wie viele andere Regierungen auch, den Fundamentalisten bewusst oder unbewusst in die Hände. Für mehr Sicherheit und Schutz höhlt sie die bürgerlichen Rechte Stück für Stück aus und schränkt damit genau die Freiheit ein, die sie zu verteidigen vorgibt. Die Frage, ob ein Zusammenleben zwischen der christlich-deutschen Mehrheit und der orientalisch-muslimischen Minderheit in diesem Land möglich ist, wird sich wohl nicht mit pseudowissenschaftlichen Beiträgen über »den Koran und den Islam« beantworten lassen. Weder von christlicher noch von muslimischer Seite. Vielmehr geht es bei dieser Frage darum, ob jeder Mensch in diesem Land, egal welcher Konfession, die Verfassung der Bundesrepublik Deutschland respektiert oder seinen Glauben darüber stellt. Ob er wegen seines Glaubens die weltlichen Gesetze missachtet und wie ernsthaft dann der Staat für ihre Einhaltung sorgt.

Rühmliche Ausnahmen gibt es auch in diesem Fall, lieber Leser. Tatsächlich an einem Dialog der Religionen Interessierte veranstalten Konferenzen, Kolloquien und Podiumsdiskussionen und geben ihren Veranstaltungen schöne Titel: »Islam – Zwischen Tradition und Moderne«; »Orientalische Kunst zwischen Tradition und Moderne«; »Orientalischer Bauchtanz – zwischen Tradition und Moderne« oder »Linsensuppe – ein orientalisches Volksgericht zwischen Tradition und Moderne«. Richtig erkannt, lieber Freund, uns gibt es niemals in der Gegenwart, nicht im Hier und Jetzt, uns gibt es nur »zwischen Tradition und Moderne«! Könnte man die Benutzung dieses extrem nichtssagenden Wortpaares verbieten, wären auf einen Schlag Tausende deutscher Akademiker arbeitslos. Solltest du nach deiner Rückkehr Konferenzen über deine glorreiche Erkundung dieses Landes abhalten wollen und dir kein trefflicher Titel einfallen, kannst du immer »Zwischen Tradition und Moderne« nehmen und irgendein Substantiv davorsetzen. Hier schon mal ein paar hilfreiche Vorschläge für deine Tournee: »Der deutsche Gartenzwerg zwischen Tradition und Moderne«; »Hartz IV – Ostprekariat zwischen traditionellem Plattenbau und moderner Spielhölle«; »Vierzig und kein Mann in Sicht – Deutsche Singlefrauen zwischen Tradition und Moderne«; »Wenns trotzdem nicht schmeckt – Deutsche Veganer zwischen Tradition und Moderne«.

Klavier in der Flugschneise –
Lichtkonzept versus
Lärmkonzept

Vielleicht darf dein bescheidener Kulturführer, lieber Lebne-Libyer, dieses Kapitel mit einem rein persönlichen Erlebnis einleiten. Er möchte dir das Thema plastisch vor Augen führen, damit du gleich richtig »gesetted« wirst, wie Medienschaffende sagen würden.

Meine erste Expedition in diese kühlen Gefilde unternahm ich vor einigen Jahren. Ich stieg aus dem Flugzeug, wurde mit einem Bus in das Flughafengebäude gefahren. Ich lief in diesem großen Gebäude die ersten Schritte und spürte eine Beklommenheit, die mir bis dahin völlig unbekannt war. Umgeben von Passagieren aus aller Welt fühlte ich mich dennoch wie der erste Mensch auf dem Mond. Nach ausgiebiger Überprüfung meines Visums und einem gründlichen Auskunftsgespräch über meine Absichten in diesem Land, meine Herkunft, finanzielle Ausstattung und geplante Dauer des Aufenthalts entließen mich die freundlichen blonden Grenzbeamten unter anderem mit einem schulterklopfenden »Viel Spaß, du Muselmann!« auf ihr Territorium. Ich lief zum Ausgang und wunderte mich weiterhin, irgendetwas stimmte hier nicht. Ich drehte mich langsam um die eigene Achse und betrachtete die gut gefüllte Empfangshalle. Endlich fiel es mir »wie Schuppen von den Augen«. Ich sah zwar das geschäftige Treiben der Ankommenden, die übervollen Kofferbänder, aber ich hörte: nichts! Zumindest kam es mir wie nichts vor. Meine Ohren vernahmen nur ein leises, tiefes Grummeln, aber kaum Lärm. In meiner grenzenlosen Naivität vermutete ich den mir bekannten Trubel aus hupenden Autos, schreienden Polizisten, zeternden Verwandten, schluchzenden Müttern und pöbelnden Taxifahrern vor der Tür.

Als ich aber endlich unter freiem Himmel stand, traf mich fast der Schlag. Ich sah und hörte von alldem wieder: nichts! Zwar luden Taxen Reisende ab und fuhren weiter, aber ohne ein einziges Mal zu hupen. Leute verabschiedeten sich voneinander, aber ich hörte keinen mütterlichen Aufschrei, keine ins Taschentuch schluchzenden Geschwister. Ich sah keinen einzigen Träger, der bepackt wie ein Maulesel, keuchend und schwitzend einer Großfamilie Kartons, zusammengeschnürte Koffer und etliche Plastiktüten hinterhertrug. Keinen fahrenden Händler, der mir seine trockenen Sesamkringel unter die Nase rieb, und auch keinen Schuhputzer, der meine weißen Sportschuhe schwarz färben wollte. Keine wild gestikulierenden Polizisten, die mit schrillen Trillerpfeifen das Chaos aus Menschenmassen, Flughafenpersonal und Reisebussen zu bändigen versuchten, während unter ihren Füßen der Asphalt glitzernd dahinschmolz. Weil es weder Menschenmassen noch ein Chaos zu leiten gab. Und die wenigen Anwesenden schienen alle zu wissen, was zu tun war, alles »lief wie am Schnürchen«, wie sie hier sagen. Benommen von so viel Ruhe und Ordnung packte ich etwas später im Hotelzimmer meine Habseligkeiten aus, öffnete das Fenster und blickte auf einen menschenleeren Platz. Er war in einem satten Grün, geordnet und sauber, nicht eine durch die Gegend fliegende Plastiktüte konnte ich entdecken, nicht einmal einen kleinen Haufen mit Kürbiskernschalen vor einer Parkbank. Selbst die Bäume machten einen aufgeräumten und sehr senkrechten Eindruck, kein Passant störte dieses andächtige Panorama. Fast wäre ich meinem ersten Impuls gefolgt und hätte aus vollem Hals

»Deutsche, wo zum Teufel seid ihr?« geschrien. Stattdessen nahm ich erst einmal meinen Kompass in die Hand und richtete den Gebetsteppich Richtung Mekka aus.

Eine Weile wird es schon dauern, lieber Okzident-Tourist, bis sich dein Hörsinn an die Verhältnisse hier gewöhnt hat. Aber dann wirst du den konstant leiseren Alltagslärm dieses Landes durchaus zu schätzen wissen. Du musst nicht andauernd mit angestrengter Stimme gegen Geräuschquellen aus allen Himmelsrichtungen anreden und das Zuhören erfordert auch weit weniger Konzentration. Sie lärmen aber nicht nur weniger als wir, sie pegeln ihn den Tageszeiten entsprechend ein. Während der Arbeitszeiten gelten andere Dezibelnormen als zu Ruhezeiten. Denn die Deutschen nehmen ihre Arbeitszeit genauso ernst wie die Ruhezeit und trennen beides strikt voneinander, was man von uns ja nicht wirklich sagen kann. Wenn du an den Obst- und Gemüsehändler denkst, der seinen Laden von frühmorgens bis Mitternacht geöffnet hat, aber in dieser Öffnungszeit Mahlzeiten, Gebete, Krankenbesuche, Erledigungen jeglicher Art und andere Verpflichtungen ohne Weiteres unterzubringen weiß. Während wir arbeiten und dabei auch immer ein bisschen dösen, arbeiten die Deutschen, wenn sie arbeiten, und ruhen, wenn sie ruhen.

Wie ernst sie es mit der Trennung nehmen, soll dir folgende Kurznachricht verdeutlichen, die in einer Tageszeitung unter der Rubrik »Gemischtes« zu lesen war: Der Frührentner und glückliche Besitzer einer Doppelhaushälfte Heinz-Jürgen Habermus (54) verklagte seinen Nachbarn, den genauso glücklichen Besitzer der anderen Doppelhaushälfte, den bretonischen Lehrer und Hobbymusiker Gerome Fernandez (41) wegen Lärmbelästigung. Trotz mehrfacher Aufforderung habe es Fernandez »nicht unterlassen, die Mittagsruhe von Habermus durch fortwährendes Spielen klassischer Musikstücke auf dem Klavier empfindlich zu stören«. So die Anklage im Wortlaut. Fernandez' Einwand, ihr gemeinsam bewohntes Doppelhaus würde doch in einer Flugschneise des Berliner Flughafens Tempelhof liegen und alle fünf Minuten würden die Flugzeuge über ihre Köpfe donnern, ließ Habermus nicht gelten. Das hätte mit der vorsätzlichen Störung seiner Mittagsruhe durch Klaviermusik nun überhaupt nichts zu tun.

Fernandez hätte es besser wissen müssen, denn Durchschnittsdeutsche wie Habermus möchten in Ruhephasen vor allem eins: in Ruhe gelassen werden. Sie haben ein eigenes Organigramm entwickelt, an dessen Spitze die heilige »Ruhe« steht. Davon gehen ab, in hierarchischer Abstufung: Sonntagsruhe, Nachtruhe, Mittagsruhe, Pausenruhe. Einen gesonderten Platz nimmt die Friedhofsruhe ein.

In öffentlichen Einrichtungen und Verkehrsmitteln weisen Schilder die Menschen darauf hin, bei Notfällen zuerst »immer die Ruhe zu bewahren« und dann den weiteren Anweisungen des Schildes oder wahlweise des Personals zu folgen. Den Primat der Ruhe drückt auch ein bekannter Sinnspruch aus: »Ruhe bewahren ist erste Bürgerpflicht.« Bekanntlich sehen wir das etwas anders. Selbst wenn ein Orientbengel nur vom Fahrrad fällt und sich dabei den Fuß verstaucht, erfährt seine Mutter in Sekundenbruchteilen akustisch vom dramatischen Unglück ihres Sohnes, weil sämtliche Kinder der Straße gleichzeitig aufschreien, während sich die Erwachsenen mit aufgeregtem Geplapper langsam um den verunglückten Jungen scharen, fachmännisch erste Diagnosen erstellen und untereinander von ähnlichen blutrünstigen Unfällen erzählen. Bei tatsächlichen Notfällen potenzieren wir natürlich die Menge der dauerquatschenden Schaulustigen und stehen dann der Feuerwehr und Ambulanz – hilfsbereit, wie wir nun mal sind – so lange wie möglich im Weg.

Man könnte die Deutschen durchaus ein schweigsames Volk nennen. Sie reden zwar miteinander, aber leiser, als wir es je könnten. Auch weniger in der Öffentlichkeit. Verglichen mit unseren Völkern wirken sie geradezu stumm. In Linienbussen und Bahnen herrscht ebenfalls eine gedämpfte Atmosphäre. Der hiesige städtische Busfahrer beschallt nicht den ganzen Bus permanent mit seiner Lieblings-CD, gibt nicht immer wieder Zwischengas, liefert sich keine Wettrennen mit Kollegen von Kreuzung zu Kreuzung und sein Rückwärtsgang ist auch nicht an die aktuelle Hit-Single gekoppelt. Allenfalls raunzt er die Fahrgäste an, »weiter nach hinten durchzugehen« oder »gefälligst Kleingeld bereitzuhalten, wenn sie einen Fahrschein kaufen wollen«. Darum solltest du bei Handygesprächen deinen obligatorischen Gesprächseröffnungssatz »Wo bist du denn gerade?« auf keinen Fall wie gewohnt rausschmettern, sonst könnten sich andere Fahrgäste zu Tode erschrecken.

Du wirst auch fast niemals in der Öffentlichkeit auf streitende Deutsche treffen. Entweder sind sie ein sehr harmonisches, friedfertiges Volk oder sie lassen konsequent Auseinandersetzungen jeglicher Art in den »eigenen vier Wänden«. Was unsereins nicht passieren könnte, da von Balkon zu Balkon keifende Hausfrauen, lamentierende Händler, streitende Ehepaare, ins Handy pöbelnde, sich grundsätzlich missverstanden fühlende junge Liebhaber und sich gegenseitig an die Gurgel gehende Autofahrer zu unserem alltäglichen Straßenbild gehören.

Überhaupt wirken die Deutschen weniger gestresst als unsere Leute im Orient. Ob es an ihrem Temperament, dem wesentlich geregelteren Leben oder ihren Lärmschutzbestimmungen liegt, lässt sich nur vermuten. Klimatische

Gründe werden es mit Sicherheit nicht sein, denn wenn Sonne und Wärme ein Gradmesser für Entspannung wären, müssten unsere Völker über ein geradezu narkotisches Gemüt verfügen und Nordeuropäer hyperventilierende Schreihälse sein. Und das könnte niemand ernsthaft behaupten. Wir scheinen süchtig nach Lärm zu sein und nennen ihn euphemistisch »lebendig«. Permanent muss mindestens ein Fernseher plärren, von irgendwoher muss übersteuerte Musik zu hören sein und Mopeds müssen mit ihrem Geknatter die Ratten aus den selten fertig gebauten feuchten Kellern jagen. Und damit auch ja keine Sekunde unwirtliche Stille herrscht, stopfen wir die wenigen ruhigen Momente mit gefucheltem Lamento und gezappeltem Gebrüll zu. Nachtruhe heißt: Wir laden unsere Batterien auf, damit wir an vorderster Front unseren unerlässlichen Beitrag für den nächsten Tag voller Trubel und Gezeter leisten können. Der deutsche Alltag ist da wesentlich »lebloser«, sie lassen das Handy vibrieren, wir scheppern, sie bauen Häuser mit dicken Wänden und »wahren die Privatsphäre«. Wir bauen mit dünnen Wänden und lassen einen extrem praktischen Schacht in der Mitte des Hauses, damit wir den Geschehnissen im Schlafzimmer unserer Nachbarn nicht nur mit dem Ohr folgen können. Sie glauben an die Macht des leise gesprochenen Wortes, wir an die des gebrüllten. Sie schützen sich vor Lärm, wir produzieren am liebsten welchen. Sie begrenzen Lärm, wir weiten ihn möglichst aus. Ob wir nicht vielleicht doch zu »lebendig« sind oder sie zu »leblos«, magst du nach deiner Reise selbst beurteilen.

Vereint im Lärm sind unsere Völker aber mit akustischen Leckereien durch die jeweiligen Gotteshäuser. Unsere Muezzins rufen fünf Mal am Tag zum Gebet, damit wir unsere religiösen Hausaufgaben auf keinen Fall vergessen, genauso wie in Deutschland die Kirchenuhren jede Stunde schlagen und sonntagvormittags unüberhörbar und lange zum Gottesdienst rufen. Und in jedem noch so kleinen Kaff gibt es bei uns mindestens zwei Moscheen, mit mindestens zwei Muezzins mit mindestens zwei niemals synchron geschalteten Uhren. Wie es in diesem Land keinen Ort gibt, der nicht zwei Kirchen hätte. So dürfen wir uns in einer Großstadt von etwa fünfzig verschiedenen Muezzins zehn Minuten lang zum Gebet rufen lassen, während die Pfarrer ihre Landsleute mit Glockenläuten so lange zur Messe rufen, bis diese aus dem Bett fallen. Es wäre keine schlechte Idee, wenn wir gemeinsam allen muslimischen und christlichen Geistlichen zum Ramadanfest und zu Weihnachten Atomuhren schenken würden. Und da wir mehrere Container voller synchron getakteter Atomuhren bräuchten, würden wir auch mit Sicherheit Rabatt bekommen.

Das »Urlaubsfeeling«, lieber Döner-Druse, wird nicht nur deinen Hörsinn erfassen. Auch deine Augen werden sich kräftig erholen können, da die Deutschen mit künstlichem Licht sparsamer und monothematischer umgehen als wir. Abends ertränken sie ihre Innenstädte und Flaniermeilen nicht in einem Meer aus blinkenden Lichterketten, grellen Leuchtreklamen, zu hell ausgeleuchteten Schaufenstern, blendenden Straßenlaternen. Die Scheinwerfer ihrer Autos zielen tatsächlich auf die Straße, sie leuchten nicht die nähere Umgebung aus. Ihre Beleuchtung solltest du deswegen aber nicht als »farblos« brandmarken, »sparsam« wäre die passendere Umschreibung.

Gemäß ihrer Devise, dass Stillstand gleich Rückschritt bedeutet, entwickeln sie auch die Kunst des Beleuchtens und Ausleuchtens stetig weiter und sind schon bei »Lichtkonzepten« angekommen. Inzwischen gibt es eine Reihe von Firmen, die für jedes Bedürfnis, zum Beispiel für eine neue Autogalerie, Bücherei oder Bankfiliale, ein artgerechtes Lichtkonzept anbieten. Leute mit etwas mehr Geld geben selbst für ihre bescheidene Acht-Zimmer-Villa solchen Firmen Aufträge, um das Eigenheim »etwas wohnlicher zu gestalten«. Die rasante Weiterentwicklung auf diesem Gebiet ist beim »kleinen Mann« ebenfalls angekommen. Für lächerlich wenig Geld kann er Deckenstrahler und andere »indirekte« Lichtquellen erwerben, die sich alle »dimmen« lassen. Die stufenlose Regulierung der Lichtstärke ist inzwischen genauso ein »Muss« und selbstverständlich wie der Gebrauch von Handys. Die Auswahl an Lampen, Schirmen, Leuchtern, Strahlern, Glühbirnen, Flutern ist immens und notwendig, denn jede Frau – Einrichtung ist auch in diesem Land Frauensache –, die sich für geschmackvoll hält, drückt ihre Persönlichkeit durch die Art der Möblierung, Beleuchtung und Zimmerfarbe aus. Sie sucht im Baumarkt verschiedene Wandfarben aus, die selbstverständlich schadstoffarm und umweltbewusst sein müssen, und lässt daraus gleich vor Ort verschiedene Farbtöne mischen, denn jedes Zimmer soll einen eigenen individuellen, dem Charakter des Zimmers entsprechenden Farbton haben. Sie bevorzugt »gedeckte, matte« Farbtöne, die auf keinen Fall »aggressiv oder hektisch« wirken dürfen. Die Tönung soll Wohnlichkeit, Entspannung ausstrahlen. Erst dann wählt sie die dementsprechende Beleuchtung aus und verfügt auch dabei über eine differenzierte Vorstellung; sie bevorzugt »warmes, zartgelb gefärbtes, gemütliches, indirektes Licht« und verabscheut »kaltes, weißes, grelles und direktes« Licht. Die Vorliebe für »warme« Töne geht bei mancher Dame weit über Beleuchtung und Farben hinaus. Auch bei der Partnerwahl bevorzugt sie den südländischen oder dunkelhäutigen Typ, weil sie den hellen Hautton ihres Landsmannes als zu kühl und ungemütlich empfindet.

Beim Besuch eines guten Restaurants wirst du feststellen, dass sich diese »feminine« Einrichtungsweise auch dort voll und ganz durchgesetzt hat. Du wirst nicht grell ausgeleuchtet und für jeden vorbeigehenden Passanten gut sichtbar am Fenster sitzen, sondern in einer matt und indirekt ausgeleuchteten Sitzecke. Du wirst von einer zurückhaltenden, aber aufmerksamen Kellnerin bedient werden, die das Notwendige geräuschlos und langsam tut, nicht von zwei hektischen Kellnern und drei schlichten Hilfskellnern, die andauernd um deinen Tisch schwirren, permanent dein Glas nachfüllen und jeden Teller unter deinen Händen fortreißen, sobald du den letzten Happen auf die Gabel gepickt hast. Hier gilt es als Zeichen von Gastlichkeit und gutem Service, den Besucher in Ruhe essen und trinken zu lassen und nicht mitten beim Essen jeden Brotkrümel mit einem Handstaubsauger vom Tisch zu klauben.

Unsere bessere Hälfte hat beim Interieur zweifellos keinen Deut weniger Geschmack, aber einen doch andersartigen, und sie hat eine wesentlich kleinere Auswahl bei künstlichen Lichtquellen, denn ihr stehen hauptsächlich zwei Grundpfeiler orientalischer Illuminationskunst zur Verfügung: die weiße Neonröhre und die nackte Glühbirne. Natürlich kann sie diese beiden Lichtquellen beliebig kombinieren und unterschiedlichste Lichtstimmungen von grell- bis schrillweiß erzeugen. Dazu hat sie schlichte Ein- und Ausschalter, die von Handwerkern lose an der Wand befestigt werden, um die Fingerfertigkeit der Bewohner zu trainieren. Indirektes Licht ist im Orient noch nicht erfunden und wozu auch Umstände machen? Direkt geht einfach schneller. Lichtkonzepte kreiert meistens das örtliche Elektrizitätswerk mit fintenreich gestreuten Stromausfällen. Unsere Chefin lässt Wände und Decken kalkweiß streichen und ist froh, wenn die Farbe nicht schon nach zwei Monaten von der

Decke blättert. Die Zusammenstellung aus weißen Wänden und wattstarken Glühbirnen erzeugt eine Wohnstimmung, die sie keinesfalls als ungemütlich empfindet. Im Gegenteil, so hat sie alles im Blick, übersieht keinen Fitzel Staub, der ihren blank gescheuerten Kachelboden verunzieren könnte und verliert beim Stricken keine Masche. Nur ihr westeuropäisches Pendant würde diese Stimmung respektlos als »Verhöratmosphäre in einer Folterzelle« bezeichnen.

Unsere Sultanin ist mit ihrem Stil auch nicht weniger geschmacksprägend. Im Orient-TV wirst du in Musiksendungen lauter begnadete, überschminkte Sängerinnen sehen, die von Studiobeleuchtern so strahlend in Szene gesetzt werden, von den Kameramännern so innig und nah liebkost werden, dass du selbst als Kurzsichtiger jeden Übergang von gestraffter zu ungestraffter Haut erkennen kannst.

Du solltest als Wanderer zwischen den Kontinenten zwar immer nach gemeinsamen, verbindenden Elementen zwischen unseren Völkern suchen, aber Unterschiede auch nicht verleugnen, wenn sie so offensichtlich sind wie beim Thema Einrichtung und Licht. Es wäre zwecklos: Die deutsche Geschmacksgöttin besitzt ein Wohnzimmer, das sie tatsächlich als solches benutzt. Sie achtet auf freie, begehbare Flächen in der Wohnung, hat nur das nötigste Mobiliar, um sich nicht »einzuengen«. Sie geht mit künstlichem Licht sparsam um, bezieht das natürliche Licht mit ein, an ihren Fenstern hängen allenfalls Rollos, die sie in den seltensten Fällen herunterzieht. Sie hat die fein abgestufte Lichtregulierung zur Kunst erhoben, um wirklich jede ihrer seelischen Stimmungen illuminatorisch auszudrücken. Sie hat immer eine stattliche Kerzensammlung im Köcher, weil Kerzenlicht bei ihr synonym für Romantik, Candle-Light-Dinner, Verliebtsein steht.

Unsere orientalische Herzensdame unterhält ein großes, nur für Besuch bestimmtes Wohnzimmer, in dem schwere Glasvitrinen und Sitzmöbel mit durchsichtigem Schonüberzug stehen. Und ein viel kleineres Wohnzimmer mit Diwan, klapperigen Stühlen und Aluminiumtisch, in dem das Familienleben hauptsächlich stattfindet. Sie fühlt sich von jedem freien Quadratmeter gestört, den sie nicht mit ausladenden Sofas und protzigen Kommoden zustellen kann. Und sie bevorzugt künstliches Licht, je mehr, desto besser. Dafür hängen an den Fenstern Gardinen, die so wuchtig, massiv und lichtundurchlässig sind, dass man sie ohne Probleme auch als »schwedische Gardinen« verwenden kann. Tagsüber zieht sie diese gerne zu, weil das Sonnenlicht sie blendet, aber der protzige 500-Watt-Leuchter, den die Schwiegereltern zur Hochzeit geschenkt haben, wohlige Intimität verbreitet. Ihr Licht muss hell und funktionell sein. Sie reguliert das Licht nicht, sie schaltet, an oder aus, 1 oder 0, sie hat es gerne klar. Keine einzige Kerze kommt ihr ins Haus! Was sollen die Nachbarn denken? Dass sie arm wie eine Bäuerin ist?

Das Dimmen steht aber exemplarisch für das Lebensgefühl der deutschen Frau. Mit bewunderungswürdiger Hartnäckigkeit hat sie sich aller abrupten, harten, männlich geprägten Wechsel angenommen und sie »entschärft«. Sie hat weiche, fließende Übergänge geschaffen, selbst dort, wo wir spontan keine vermuten würden. Sie schaltet nicht, sie leuchtet gleitend per Fußpedal, ihr Bett hat runde Ecken. Sie verlässt nicht einfach einen Mann und nimmt sich einen anderen, sie nimmt den Ex mit in die neue Beziehung, als »guten Freund«. Sie reist an einen fremden Ort, aber ihre Seele kommt dort erst später an. Sie bleibt nicht einfach stehen, sie hält inne. Das Leben ist ein langer, harmonischer Fluss und die selbst gestalteten Übergänge zwischen zwei Aggregatzuständen sind die Weichzeichner ihrer Seele.

Schenkt man ethnologischen »Genderstudies« Glauben, sind wir Männer durchgehend aggressiver, kriegerischer und gewalttätiger als Frauen. Sie sind friedfertiger, kommunikativer, kompromissbereiter. Sie sind bessere Menschen. Immer. Um diese aus männlicher Sicht schwer verdauliche Tatsache vielleicht doch noch einmal zu verifizieren, um unsere letzten Zweifel eindrucksvoll zu beseitigen, würde dein Kulturführer folgendes Experiment vorschlagen: Lass uns eine orientalische Prachtprinzessin und eine deutsche Zierde ihres Geschlechts in eine Wohngemeinschaft mit drei Zimmern stecken. Lass uns den beiden eine hohe Summe X für die Einrichtung geben und dann sehen, welch harmonisches Garten-Eden-Interieur sie gemeinsam unter einem Dach erschaffen. Um das Ergebnis zu beurteilen, schicken wir einen neutralen Ethnologen in die WG. Kommt er lebendig wieder heraus, akzeptieren wir Männer ein für alle Mal, dass wir das kriegerische Geschlecht sind.

Engel im Schweinsgalopp –
Debatten mit Schimmelkultur

Wenn sich die deutsche Öffentlichkeit eines Themas annimmt, lieber Tschai-Tscherkesse, dann tut sie das gründlich, ausdauernd und mit grimmigem Ernst. Weniges ist dem Deutschen heilig, seine Ernsthaftigkeit schon. Jede tagespolitische Debatte, die nicht vom Grundsätzlichen ins allerkleinste Detail und wieder zurück zum großen Ganzen führt, verdient hierzulande diesen Namen nicht. Der Deutsche ist kein leichtfüßiger Sprinter des Diskurses, er ist der Marathon-Mann. Beim Diskutieren ähnelt er dem mageren, ewig hungrigen Straßenköter in deinem Viertel, der auf dem hart erkämpften Fleischknochen selbst dann noch weiterkaut, wenn der Knochen längst zermalmt in seinem Magen liegt. Was unsereins nicht passieren könnte, da unsere Obrigkeit selbstlos die politischen Diskussionen und Lösungsvorschläge gleich in einem Paket anbietet und wir nur noch begeistert zu nicken brauchen. Dafür dürfen wir im Privaten seit Menschengedenken unsere nonverbalen Kommunikationsmittel verfeinern und anwenden. Sie haben sich bewährt und führen ebenfalls zu einer Lösung, wenn auch einer hämatomlastigen.

Aufgeschlossener, friedfertiger zeigt sich da der Deutsche. Er duldet durchaus ein Abwägen der Argumente, respektiert andere Ansichten, aber am Ende sollte man sich immer zu einer Position, einer Meinung für oder wider durchringen, sonst gilt man als entscheidungsschwach und opportunistisch. Unwichtig dabei ist, ob einen das aktuelle Thema tangiert oder völlig kaltlässt. Die Dialektik ist eine deutsche Erfindung, aber auch das »entweder – oder«, das einst der berühmte Dichter Heinrich Heine als die »deutsche Krankheit« bezeichnete.

Ein Klassiker der deutschen Grundsatzdebatte ist die Frage, ob auf deutschen Autobahnen nicht endlich eine Geschwindigkeitsbegrenzung eingeführt werden sollte. Diese Diskussion taucht in der Öffentlichkeit so regelmäßig auf wie bei uns der Fastenmonat Ramadan. Besonders gern wird mit der Geschwindigkeitsdiskussion das sogenannte Sommerloch zugeschüttet, welches das Verschwinden brisanter, politisch aktueller Themen aus der medialen Öffentlichkeit während der Sommermonate beschreibt, wenn sich das Parlament wie der größte Teil der Bevölkerung im Urlaub befindet. Am Frontverlauf hat sich seit Christi Geburt nichts geändert. Auf der einen Seite stehen die Kraftfahrzeugindustrie, ihre eifrigen Lobbyisten aus Politik und Medien, Götzendiener der Pferdestärke aus dem Volk und ein Automobilclub, dessen Servicemechaniker euphemistisch »Gelbe Engel« genannt werden. Dieser Club hat schon vor Jahrzehnten den Kampf gegen jede Beschränkung auf deutschen Straßen mit dem einprägsamen Slogan »Freie Fahrt für freie Bürger« aufgenommen. Auf der anderen Seite stehen Umweltschützer, Kinderschutzverbände, Unfallstatistiker und Abgeordnete der »Grün-Alternativen Liste«, die verzweifelt politische Felder zum »Zeichen setzen« suchen.

Den Startschuss gibt gewöhnlich eine Sprecherin der »Grünen« mit der Aussage, dass Deutschland weltweit das einzige Land ohne Tempolimit sei und dieser fatale umweltpolitische Missstand durch ein neues Gesetz beseitigt werden müsse. Oder eine bekannte Automarke, wie dein heiß geliebter Mercedes-Benz, kündigt zum nächsten Autosalon eine neue Limousine mit 500 PS an. Innerhalb weniger Stunden mobilisieren beide Seiten ihre Sprachrohre und schon jagt ein Statement das nächste. Beide Seiten legen dann ihre jeweils eigene Argumentationsstrecke medial im »Schweinsgalopp« zurück. (Warum gerade das Laufen des im Vergleich zu anderen Tierarten athletisch limitierten Schweins im Deutschen zu einem Synonym für schnelle Fortbewegung werden konnte, hat sich dem Autor bis heute nicht erschlossen.) Zuerst holen die Befürworter des Tempolimits sachliche Argumente aus dem Köcher. Sie verweisen auf die Ressourcenknappheit, den hohen CO_2-Ausstoß, die Klimakatastrophe. Des Weiteren führen sie die große Zahl der jährlich durch Raser getöteten Kinder an. Gerade das letzte Argument dürfte bei dir keinen Schrecken auslösen, da die Zahl deutscher Verkehrstoter um ein Vielfaches unter der eines beliebigen orientalischen Landes ähnlicher Größe liegt und nicht wenige unserer Experten den anarchischen Straßenverkehr als die einzig wirksame Waffe gegen die Bevölkerungsexplosion bezeichnen.

Bei der Gegenseite perlt nicht nur dieses für dich unverständliche, sondern auch alle anderen Argumente der Menschen- und Umweltschützer wie Öl an einer Teflonpfanne ab: Der Autofahrer sei ein verantwortungsbewusster Bürger und wisse seine Geschwindigkeit sehr wohl den Straßenverhältnissen anzupassen. Und warum solle man nicht auf einer leeren vierspurigen Autobahn sein Gefährt einmal richtig ausfahren dürfen? Also zünden die Mobilitätsbremser die nächste Stufe. Es folgen emotional unterfütterte und betroffen dargebotene Einwände mit dem Verweis auf neueste wissenschaftliche Erkenntnisse, die Vorreiterrolle, die Deutschland umweltpolitisch habe und aufgrund der eigenen problematischen Geschichte auch weiterhin haben müsse, und die ethische Verantwortung, die man gegenüber den folgenden Generationen trage. Da auch dieses Überzeugungsupdate beim Autonarren in etwa denselben Schrecken wie eine gegen die Frontscheibe klatschende Mücke verbreitet, holt die sensitive Umweltschützerseite die finale moralische Keule heraus und beschimpft die Vertreter der Autolobby als rücksichtslose Umweltzerstörer, Kindermörder, reaktionäre Renditesklaven, willenlose Befehlsempfänger der Mineralölindustrie und Tierschänder.

Entsprechend filigran baut die autoaffine Liga ihre Verteidigungsfront auf. Zunächst zweifelt sie sämtliche wissenschaftlichen Erkenntnisse der letzten dreißig Jahre über die Korrelation von Klimaerwärmung und CO_2-Ausstoß an. Dabei nimmt sie sich die Tabakindustrie und deren clevere, gerade in den Vereinigten Staaten höchst erfolgreiche Strategie zum Vorbild, jeden Zusammenhang zwischen Nikotin und Krebs grundsätzlich abzustreiten. Im länderübergreifenden Vergleich kommt die Beschleunigungsfront zu dem natürlichen Schluss, dass deutsche Autos grundsätzlich viel sauberer und sparsamer als alle ausländischen sind. Was sicherlich deine Zustimmung ernten wird. Weil aber auch dieser Einwurf so herzhaft wie eine im alten Öl frittierte Falafel schmeckt, spielt sie die nächste Karte und betet das Mantra von den Arbeitsplätzen, die bald vernichtet oder ins Ausland transferiert würden, wenn man dem einheimischen Bleifuß das Durchdrücken des Gaspedals bis zum Anschlag verböte. Dieser gedankliche Übersprung dient aber lediglich als Führhand, um sofort danach den rechten Schwinger zum Knockout zu setzen. Die Befürworter eines Tempolimits werden in einem schrägen historischen Vergleich mit bekannten Figuren des Naziregimes oder des real verblichenen Sozialismus gleichgesetzt und als Umweltaufseher, Hanfwarte, Tofustalinisten und Biotrotzkis beschimpft.

Für gewöhnlich wird die Debatte mit der beiderseitigen Drohung, notfalls bis vors Verfassungsgericht gehen zu wollen, beendet, weil der mediale Fast-Food-Effekt schon nach einer Woche einsetzt und alle sich mit einem schalen Gefühl im Magen auf die nächsten brisanten Themen wie das Ungeheuer von Loch Ness oder die Koks-&-Sex-Memoiren eines solariumsfaltigen Fernsehschauspielers stürzen.

Die deutsche Debatte um das Tempolimit hat einen ähnlichen Glamour-Faktor wie unsere saisonalen Diskurse über den »wahren« Islam. Regelmäßig reden wir uns den Mund wässerig über den wahren Islam, den wahren Propheten und den reinen Glauben, wobei die islamische Welt in etwa so viele wahre Islame wie Moscheen hat. Was aber keinen einzigen Muslim zum Zweifeln bringt, im Gegenteil. Gerade weil er im Besitz des allerwahrsten Islams ist, muss er nur noch alle anderen Glaubensbrüder von seiner Version überzeugen. Und jeder, wirklich jeder Gläubige gründet seinen extrareinen Islam auf die Taten und Worte des Propheten. Wenn auch nur die Hälfte der angeführten Aussprüche tatsächlich von Mohammed stammte, hätte der arme Mann von seiner Geburt bis zu seinem Tod ununterbrochen ohne Punkt und Komma reden müssen. Als rechtgeleitete Muslime können wir vieles hinnehmen und ertragen, nur nicht dass Religion eine Sache der Interpretation sein könnte. Unseren Islam scheint es nur in zwei Ausgaben zu geben: echt oder gefälscht, aber niemals ausgelegt.

Anders spannend sind die regelmäßigen Diskussionen um den Palästina-Konflikt, denn bei diesem Thema herrscht ja seltener Konsens unter Orientalen: Mithilfe der USA unterdrücken und knechten die Zionisten unsere palästinensischen Brüder und Schwestern und alle Welt schaut zu. Selbstverständlich schicken wir unseren Glaubensbrüdern in Palästina regelmäßig etwas Geld, Lebensmittel und Devotionalien zur geistigen Erbauung – und unsere Führer überlassen sie politisch dem Allmächtigen. Die Kinder im Gazastreifen müssen zwar immer noch nierenschädigendes Meerwasser trinken, aber bei jedem Freitagsgebet beziehen wir sie in unsere Gebete ein und unsere Imame wünschen Israel Pest und Cholera an den Hals. Unsere Gebete werden früher oder später erhört werden und effektiver sein als jedes einheitliche Vorgehen der arabisch-muslimischen Welt. So viel ist sicher.

Noch auf anderen Feldern pflegen die Deutschen ihre Diskursriten. Ein weiterer Klassiker ist das höchst abwechslungsreiche Theater der Arbeitgeberverbände und Gewerkschaften bei den jährlichen Tarifverhandlungen. Ohne Risiko könnte man einen Jackpot von 10 Millionen Euro ausschreiben und demjenigen versprechen, dem es gelingt, in den Tarifgesprächen der letzten zwanzig Jahre nur ein einziges wirklich neues Argument zu entdecken. Diese würden den gewohnten Gang des Tarifkampfes auch empfindlich stören. Von Arbeitgeberseite kommt die zementierte Suada: »Nein, geht nicht, Investitionsbremse, Arbeit zu teuer, Luft zu teuer, Steuern zu hoch, kein Spielraum, in Asien alles billiger, schöner, besser, schneller.« Dem setzen die Gewerkschaften unerbittlich ihre argumentatorische Schimmelware entgegen: »Teilhabe am Gewinn, Heuschreckenkapitalismus, Inflationsausgleich, Nachfrage stärken, bis jetzt stillgehalten, ist fünf nach zwölf, es reicht, sonst wird gestreikt.« Früher oder später treffen sich die Parteien überraschend irgendwo in der Mitte und verabreden gleich die nächste Verhandlungsrunde im neuen Jahr.

Es gibt aber auch leuchtende Ausnahmen, die sich diesem Einheitsbrei entgegenstemmen, eine ungeahnte Kreativität bei den Verhandlungen entwickeln und durch außergewöhnliche Statements in den Medien auffallen. Erwähnt sei hier nur der Vorsitzende der Gewerkschaft der Polizei. Hier ein paar tagesaktuelle Zitate des Vorsitzenden zu verschiedenen Themen, die »die Arbeit der Kolleginnen und Kollegen von der Polizei« betreffen. Zur Debatte über die Innere Sicherheit: »Die Politik lässt die Polizei bei dem Thema Innere Sicherheit allein!« Zu den Castor-Transporten: »Die Leidtragenden sind die Kolleginnen und Kollegen vor Ort, die das ausbaden müssen, was die Politik uns eingebrockt hat.« Über anstehende Tarifverhandlungen: »Die Politik lässt die Kolleginnen und Kollegen bei den Löhnen allein.« Über die Bekämpfung der organisierten Kriminalität: »Die Kolleginnen und Kollegen werden von der Politik bei dem Kampf gegen die Mafia alleingelassen!« Zu den Scheidungsabsichten seiner Ehepartnerin: »Die Politik lässt mich mit meiner Frau allein!« Über Internetkriminalität: »Die Politik lässt die Kolleginnen und Kollegen mit den Computern allein!«

Sowohl ihre wie auch unsere ewig wiederkehrenden Debatten haben dermaßen Patina angesetzt und langweilen selbst die unmittelbar Beteiligten, dass man der deutschen Streitkultur eine Prise orientalischen Temperaments und unserer einen Schuss deutscher Kühle wünschen würde. Was für ein unterhaltsames Spektakel wäre es, wenn die deutschen Kontrahenten einer Tarifrunde gleich mit Fäusten aufeinander losgehen würden, um zumindest ein einziges Mal das enervierende Gefeilsche um Prozentpunkte hinter dem Komma abzukürzen? Welches weltweite Erstaunen würde eine orientalische Diskussion über den wahren Islam auslösen, die zur Abwechslung mit Argumenten statt mit Gewaltmärschen, brennenden Fahnen und Anschlägen hantiert? Leider bleiben sich die Deutschen treu, so wie wir uns.

Magische Milch –
Zahl meine Rente, Baby!

Ich möchte dich, lieber Joghurt-Jordanier, noch bei einem anderen Thema mit dem notwendigen Rüstzeug ausstatten, um dich vor Irritationen im Umgang mit den Einheimischen zu bewahren. Wie ich im Vorwort erzählte, wirst du beim Laufen durch deutsche Großstädte des Öfteren Frauen im besten Alter treffen, die in einem hoch technisierten Kinderwagen ein Baby oder ein Kleinkind spazieren führen. In deiner orientalischen Unbedarftheit wirst du bei besonders süßen Exemplaren sicherlich das Gespräch mit der Dame suchen und etwa Folgendes sagen: »Das ist aber ein besonders schönes Baby, wie heißt denn Ihre Enkelin?« Wenn du währenddessen auch noch die Wange des Wonneproppens tätschelst, setzt du dich mit deinem Verhalten gleich zweifach »in die Nesseln«, wie man auf Deutsch sagt. Du begehst einen doppelten Fauxpas! Denn der Umgang mit Kindern ist hier ein gänzlich anderer als in deiner Heimat. Verkürzt ließe sich sagen, er ist komplexer und vor allem komplizierter. Dein erster Fehler besteht schon in der Frage, denn höchstwahrscheinlich ist die Dame Mutter und nicht Großmutter des Kindes, und der zweite Fehler ist das Anfassen des Babys. Auf Berührung ihres Kindes durch einen Fremden reagiert die deutsche Mutter im besten Fall verstört, in der Regel aber hysterisch bis aggressiv. »Tatschen Sie mein Kind nicht an! Das ist ein Trauma für ein Baby!« Selbst wenn du es in edelster Absicht tust, selbst glücklicher Vater vieler glücklicher Kinder bist und es natürlich als Kompliment meinst: Fass nie ein deutsches Baby an!

Kinder, lieber Wanderer Nordeuropas, sind die Achillesferse der Deutschen. Denn eine der größten Sorgen, die Deutsche in unserer Zeit umtreibt, ist die dir nun bekannte Angst vor dem Aussterben. Laut statistischen Berechnungen wird es Deutsche, wenn sie sich weiterhin so sparsam vermehren wie bisher, in hundert Jahren nicht mehr geben. Darum ist für sie jedes deutsche Kleinkind mindestens so kostbar und schützenswert wie ein Eisbärbaby. Noch viel größeres Kopfzerbrechen bereitet dem Deutschen allerdings die aus dieser Tatsache resultierende Erkenntnis, wer dann in dreißig, vierzig Jahren seine Rente bezahlen wird. Also hat er nach einer einheimischen Redensart das Pferd »von hinten aufgezäumt« und aus der Gefährdung seiner Pension Rückschlüsse auf die mangelnde Kinderproduktion gezogen. Oder um es mit den leicht variierten Worten eines berühmten Dichters zu sagen: »Also lautet ein Beschluss, dass man Kinder kriegen muss.«

Bei der Ergreifung der Gegenmaßnahmen kann man tatsächlich die bei uns Orientalen fast schon ehrfürchtig gerühmte deutsche Gründlichkeit bei der Arbeit erleben. Während der Orientale bei der Erörterung von Problemlösungsstrategien sich nur ungern mit Systematik und Strategie aufhält, aber dafür zur Überhitzung neigt, die er spielerisch in Handgreiflichkeiten transformiert, zeichnet sich der Deutsche durch eine andere Eigenschaft aus. Er findet den einfachsten Zugang zu einem Problem über den finanziellen Aspekt. Folgerichtig lautet die erste Frage: Was kostet ein Kind? Und wer soll es bezahlen? Wer kann, wer darf sich Kinder leisten? Das Kind als Kostenfaktor wird von allen Seiten durchleuchtet, Vor- und Nachteile der Mehrkosten durch Mehrkinder werden abgewogen und gerecht verteilt, weil man sich auf die Formel einigt, dass Kinder schließlich eine Investition in die Zukunft seien. Es gibt zwar sicherere Investitionsobjekte als Kinder – vor allem die eigenen –, aber die Deutschen sind zum Kinderkriegen durchaus bereit und hoffen, eines Tages die Rendite in Form von saftigen Renten einfahren zu können.

Für einen Morgenländer sind ja Kinder eher ein Gottesfaktor. Er plant keine Kinder, Allah schenkt ihm welche. Je öfter Gott ihn beschenkt, desto glücklicher ist er. Als finanzielle Belastung wird er sie niemals sehen, sie sind ein wesentlicher Teil seines Daseinszwecks, sie sind die Fortsetzung seines Lebens. Nur wenn Allah ihn nicht beschenkt, leidet er und fühlt sich unvollkommen. Die Frage »Kinder oder keine?« käme ihm nie in den Sinn, das Wort »Selbstverwirklichung« wird er nie verstehen. Er wird den Nachwuchs auch nie im Zusammenhang mit seiner Rente betrachten, weil er schon froh ist, wenn er das Pensionsalter überhaupt erreicht. Ihm ist bewusst, dass selbst fünfzig eigene Kinder bei den herrschenden politischen Systemen seine Rente nicht sichern können. Und ob er seine Brut ernähren kann? Gott wirds richten und sonst die Verwandtschaft. Die Erziehung sieht er ähnlich pragmatisch: Die ersten Kinder bringt seine Frau durch, danach erziehen die großen Geschwister die kleinen. Seine Frau gebietet, er verbietet. Die Nachbarn überwachen das Ganze, und die Großeltern verwöhnen.

Mit dieser Weltsicht, lieber Besucher, würdest du in dieser Klimaregion bestenfalls als Exot durchgehen und für deinen nicht vorhandenen theoretischen Überbau ein mildes Lächeln ernten. Denn nach der Klärung der Kosten-Nutzen-Frage wendet man sich der deutschen Mutter als Hauptbetroffene zu und landet in der schon beschriebenen Entweder-oder-Situation: Muss sich eine Frau zwischen Kind und Karriere entscheiden? Geht beides überhaupt? Wenn ja, warum? »Unvereinbarkeit« ist nicht nur ein sprachliches

Ungetüm, es ist auch eine sehr eigene Erfindung der Deutschen. In unserer Heimat müssen wir uns mit solchen Fragen bisher kaum beschäftigen, weil es nicht einmal genug Arbeit für unsere Männer gibt, aber in Deutschland ist der Arbeitsplatz das Maß aller Dinge und die sogenannte Vollbeschäftigung galt und gilt noch immer als die schönste aller Utopien. Diese Arbeit-oder-Kind-Frage hat in diesem Fall dennoch ihre Berechtigung, weil der Deutsche aus jeder Tätigkeit eine Hauptbeschäftigung zu basteln vermag. So gibt es in diesem Staat den Vollzeitunternehmer, den Vollzeitpolitiker, die Vollzeitmutter, die Vollzeithausfrau, die Vollzeitkarrieristin oder den Vollzeithobbygärtner. Daher kommt auch die häufig gebrauchte Wendung »das Hobby zum Beruf machen«. Von Menschen, die ihren Beruf zum Hobby gemacht haben, hört man seltener.

Natürlich wird jede Frau, die sich für die Hauptbeschäftigung »Kinderkriegen« entscheidet, von einer Armee aus Wissenschaftlern, Ratgebern, Gesundheitsexperten, Ärzten und Hebammen unterstützt. Falls du gerne an der Börse handelst, lieber Kebap-Kurde, dann solltest du unbedingt Aktien von deutschen Firmen aus der Babyindustrie erwerben. Ein kapitaler Gewinn wird dir sicher sein, das schwört der Autor auf den Koran! Denn die Babyindustrie wächst und wächst und es würde den Rahmen dieses Reiseführers mehrfach sprengen, würden wir versuchen, alle Produkte nur für die ersten sechs Lebenswochen des Kindes aufzuzählen. Genauso umfangreich wäre eine Bibliografie mit Buchtiteln zur Schwangerschaftsvorbereitung, Schwangerschaft, Geburt, Nachgeburt, die ersten Wochen und die ersten Monate nach der Geburt. Denn als fragmentarisch gebildeter Orientale hast du nicht die leiseste Ahnung, was man beim Kinderzeugen, -kriegen und -großziehen alles falsch machen kann. Für jeden, in deinen naiven Augen noch so nebensächlichen

Aspekt gibt es die passende Literatur. Ganze Regalwände berichten von zeugungsgünstigen Stellungen und Zeugungsakten unter besonders günstigen Sternenkonstellationen, erzählen von Kleidung und Musikgeschmack der Schwangeren, bis hin zur artgerechten Ernährung der zukünftigen Mutter, erläutern die natürlich spontane, spontan natürliche, geplant spontane und ungeplant natürliche Geburt und geben Tipps zu Atem-, Press- und Wehenübungen. Auch der deutsche Mann kommt nicht zu kurz, er kann sich eindecken mit Literatur über die hormonelle Veränderung seiner Partnerin während der Schwangerschaft, sachgerechtes Verhalten während der Wehen, falsche und richtige Ansprache im Kreißsaal, seine neue Rolle als Vater und mit Trainingslektüre zu Wickel- und Tragetechniken.

Wenn dir, lieber Okzident-Bummler, jetzt schon ob so viel Liebe zum Nachwuchsdetail der Schädel brummt, hast du immer noch nicht die ganze Tiefe und Breite der gründlichen deutschen Gründlichkeit erfasst. Damit du zumindest erahnen kannst, wie sehr die Germanen ihr Aussterben verhindern und die Rentenkasse füllen wollen, gehe ich noch auf einen besonderen Solitär deutscher Babywissenschaft ein: Stillen und Ernährung.

Irgendwann im letzten Jahrzehnt, niemand weiß mehr genau, wie und warum, hat sich in diesem Land ein Virus klammheimlich ausgebreitet und bevor irgendjemand auch nur »Hoppla« sagen konnte, waren alle Frauen mit dem Virus infiziert. Dann, an einem regnerischen Novembermorgen, schlug das Virus ohne jede Vorwarnung erbarmungslos zu und die Stillmanie überflutete das Land. Alles Weibliche, was auf mindestens zwei Beinen lief und zeugungsfähig war, wurde von der Stillmanie befallen. Seitdem ist die deutsche Frau Trägerin der ultimativen Lösung aller irdischen

Probleme. Egal welche unüberwindbaren Hindernisse sich ihr entgegenstellen, sie stillt sie aus dem Weg. Denn in der deutschen Muttermilch stecken magische Kräfte. Sie schützt das Kind vor mehr Krankheiten, als es überhaupt gibt, sie stärkt sein Immunsystem dermaßen, dass es ohne Weiteres über das Gelände von Tschernobyl schlendern, mit kochender Lava spielen, Pistolenkugeln aufhalten und sogar übers Wasser laufen könnte. Wahre Supermädchen und Superjungen bilden die Brut der Teutonin, lieber Reisender. Dagegen wirken unsere Kinder geradezu schwach und jämmerlich. Aber damit nicht genug. Dem Stillen werden auch spirituelle, friedensstiftende, Intelligenz, Sozialkompetenz und Kreativität fördernde Kräfte zugeschrieben.

Um die magischen Kräfte der Muttermilch noch einmal zu potenzieren, ernährt sich die hiesige Mutter natürlich nach neuesten ernährungswissenschaftlichen Erkenntnissen. Zum Beispiel isst sie nichts, was Blähungen bei ihr und damit beim Baby verursachen könnte. Womit so gut wie alle Obst- und Gemüsesorten wegfallen. Sie rührt wegen der Allergiegefahr keine Milchprodukte an, vermeidet Zitrusfrüchte, damit ihr Augapfel keinen wunden Po bekommt, lässt Rohes links liegen und Fisch kommt bei ihr grundsätzlich nicht auf den Tisch. Nüsse und Honig verbannt sie ebenfalls aus der Küche. Jede junge Orientalin würde bei diesen kulinarischen Vorgaben glatt verhungern und ans Stillen könnte sie nicht einmal denken. Aber die reife deutsche Mutter im besten Alter, lieber Mit-Mohammedaner, ist eine wahre Hexenmeisterin. Denn trotz dieser vielfältigen Einschränkungen ernährt sie sich ausgewogen und vollwertig, steht voll im Saft und führt über die Muttermilch dem Baby alle notwendigen Stoffe zu.

Erst jetzt wird dir bewusst geworden sein, wie achtlos und unwissend wir unter Gottes Sonne unsere Brut über die Jahrhunderte mehr schlecht als recht großgezogen haben. Bei deiner Rückkehr wirst du an deinen Kindern nur noch Mangelerscheinungen feststellen und die Brüste deiner Angetrauten mit ganz anderen Augen betrachten. Aber du kannst nun mal Trampeltiere nicht mit Dromedaren und Orientalen nicht mit Okzidentalen vergleichen. Und zum Trost wollen wir dir noch folgende Anekdote mit auf deinen Heimweg geben. Unter vorgehaltener Hand munkelt manch Einheimischer, es habe nach dem Ausbruch des Virus durchaus ein paar wenige nicht von der Stillmanie befallene Frauen gegeben. Diese seien aber von den infizierten Gralshüterinnen des Stillens geschnitten und belächelt worden und hätten sich deswegen aus lauter Scham rasch von Felsen oder Hochhäusern gestürzt.

Wie du siehst, ist selbst die deutsche Mutter nicht perfekt.

Banalität des Vergleichs –
Die deutsche Obsession
Drittes Reich

Unsere Bewunderung des deutschen Wesens, lieber Mezze-Marokkaner, kennt oft keine Grenzen. Egal, was wir getan haben oder tun werden, in unseren Augen machen es die Deutschen besser. Wir bewundern ihre allseits gerühmte Gründlichkeit, Pünktlichkeit, die hohe Qualität ihrer Produkte, den Schäferhund, und wir beneiden sie um ihre glamouröse Geschichte. Besonderer Beliebtheit erfreut sich das Dritte Reich unter dem Österreicher Adolf Hitler. Er ist bei unserem einfachen Volk genauso wie bei manchem Gelehrten der beliebteste Deutsche aller Zeiten. Die meisten wissen zwar außer Autobahnen, Panzern und Weltkrieg nicht sonderlich viel über Nazideutschland, aber ein Detail leugnen oder kennen alle: den Massenmord an der jüdischen Bevölkerung. Entweder halten sie ihn für gerechtfertigt, »Geschah ihnen recht« ist die Meinung unter solchen Hobbyhistorikern, oder sie behaupten: »Hat es nicht gegeben, ist alles jüdische Propaganda«, denn der Antisemitismus vieler Semiten ist umfassend und fundamental. Der verheerende Tsunami in Asien? Dahinter stecken die Israelis, haben durch eine gezielte Sprengung im Indischen Ozean den Tsunami ausgelöst. Börsencrash, weltweite Rezession? Waren jüdische Bankiers, ist doch klar. Die Anschläge des 11. September? Angeblich fanatische Studenten aus der orientalischen Mittelklasse, aber in Wirklichkeit eine gigantische Verschwörung aus amerikanischen Juden, CIA, Mossad und den Illuminaten. Syriens Fußballmannschaft scheitert bei der WM-

Qualifikation an Burkina Faso? Von wegen! Israel hat das Spiel gekauft, keine arabische Mannschaft soll an der Weltmeisterschaft teilnehmen. Erdbeben in Japan? Waren Juden. Flugzeugabsturz in Venezuela? Wer wohl, hm? Elend, Armut in Kairos Vorstädten? Juden sind schuld. Frauensteinigung im Iran? Juden. Hamas tötet Leute der Fatah? Jüdische Agenten. Wüste in der Sahara? Juden. Sonnenfinsternis? Gott der Juden, Jahwe!

Egal, was Arabern je widerfahren ist oder widerfahren wird, am Ende stecken immer Juden oder wahlweise die jüdische Weltverschwörung dahinter. Hätte ein Israeli auch nur eine Ahnung, welche dämonischen, gigantischen Kräfte sein arabischer Todfeind ihm zuschreibt, er könnte vor stolzgeschwellter Brust kaum noch laufen.

Theoretiker der jüdischen Weltverschwörung wirst du in diesem Land auch finden, sie sind weniger zahlreich und werden von der Gesellschaft nicht so komfortabel gebettet wie mancher Prediger unserer Regionen. Ihre Argumentation ist zum Teil mit der unserer Blindgänger identisch, aber origineller: »Die Konzentrationslager waren eine Erfindung der Besatzungsmächte, und selbst wenn es sie gegeben hat, sind höchstens ein paar Hunderttausend Juden getötet worden, aber niemals sechs Millionen. Außerdem waren die Juden selber schuld. Damals herrschte wenigstens Zucht und Ordnung, alles war sauberer, es gab keine chaotischen Hippies, Kommunisten, Schwule und Ausländer. Hitler hat das Großdeutsche Reich vom Joch der Reparationen befreit und Arbeitsplätze geschaffen. Der Weltkrieg war reine Notwehr, die anderen haben provoziert, er nur hat nur reagiert. Die Russen haben doch viel mehr Dreck am Stecken. Aber spricht jemand drüber? Nö! Nur wir Deutschen kriegen immer einen aufs Dach und müssen zahlen! Unter Hitler war ja nicht alles schlecht, zum Beispiel die Autobahnen! Aber sag das mal laut. Von wegen Demokratie ...« Das letzte Argument kontern Kabarettisten gerne mit »Ja, ja, unter Hitler war nicht alles schlecht, nur die Autobahnen, die hätte er nicht bauen müssen«.

Früher, als es noch kein Internet gab und dem Mitteilungsdrang notorisch Mitteilungsbedürftiger natürliche Grenzen gesetzt waren, mussten die Verfechter der »Nicht alles war damals schlecht«-Fraktion und andere rechtsobjektive Giganten deutscher Gelehrsamkeit ihre kruden Werke und Ansichten noch konspirativ verbreiten, in braun getäfelten Hinterzimmern braun getäfelter Kneipen und durch Verteilen maschinengeschriebener Handzettel. Inzwischen haben sie es leichter: Digitale Medien und Internet erlauben die millionenfache Verbreitung für lächerlich wenig Geld.

Übrigens ist niemand über diesen Fortschritt, über diese angebliche »Demokratisierung der medialen Welt« glücklicher als die Legionen von Paranoikern, zu kurz gekommenen Sozialautisten, lebenden Frustbeulen und esoterisch gedünsteten Glückssuchern, deren Weltbilder und Erlösungsfantasien nicht weit vom Gedankengut faschistoider Heilssucher entfernt sind. Jedes noch so unscheinbare und hässliche Mauerblümchen der Gesellschaft schafft sich selbst ein Forum und schwadroniert in Blogs über Gott und die Welt. Darum können alle manisch Geltungsbedürftigen unserer Länder es kaum erwarten, bis das Internet auch bei uns für jedermann verfügbar, zugänglich, billig ist. Endlich würden sie sich in Blogs und Chatrooms mit internationalen Brüdern und Schwestern im Geiste vereinigen und gemeinsam ihrem liebsten Hobby nachgehen: jedes komplizierte Thema, jedes komplexe Problem in Grund und Boden zu vereinfachen.

Antisemiten, Volksdeutsche und Holocaustleugner haben in diesem Land trotz der schönen neuen Kommunikationswelt einen ausgesprochen schweren Stand, gelten als gesellschaftliche Paria, weil die führenden Medien diesen Koryphäen der Wissenschaftlichkeit kein Forum bieten. Denn wenn es um das Dritte Reich, Hitler und Verunglimpfung der Juden geht, versteht die deutsche Öffentlichkeit keinen Spaß. Zu einem der wenigen Tabus in diesem Land gehört, wie bereits beschrieben, der Vergleich mit Protagonisten der Hitler-Ära. Auf dem Friedhof der Öffentlichkeit schlummert mancher medial Untote, der auf Zeit und kollektive Amnesie hofft, weil er es einst für clever hielt, den politischen Gegner ultimativ zu beleidigen, ergo ihn mit Goebbels, Hitler, Göring oder anderen Nazigrößen zu vergleichen. Und so manches Politgenie hat sich beruflich für alle Zeit erledigt, weil er in einer Phase geistiger Umnachtung einen – milde formuliert – verqueren Holocaustvergleich anstellte.

Du wirst diesem Land vieles vorwerfen können, aber mit Sicherheit nicht die fehlende Auseinandersetzung mit der eigenen Geschichte. Kaum ein Aspekt des NS-Regimes, der nicht aufgearbeitet wurde, kaum eine Fragestellung, die nicht gründlich erörtert wurde. Die kritischen Bücher über diese Zeit würden etliche Bibliotheken füllen. Darüber hinaus erzielen Dokumentationen, Reportagen, Talkshows, Erfahrungsberichte über das »Tausendjährige Reich« im Fernsehen gute Quoten. Ein telegener und geschäftstüchtiger Historiker des ZDF hat aus der Beschäftigung mit dieser Zeit ein kleines multimediales Imperium erschaffen und versorgt die Zuschauer mit immer neuen, bisher völlig übersehenen Details. Seine konsequent »menschelnden« Filme tragen anschauliche Titel wie »Hitlers willige Wehrmacht«, »Hitlers willige Spione«, »Hitlers willige Blockwarte«. Und wie dein Reiseführer aus verlässlicher Quelle erfuhr, sind für

die nächsten Jahre weitere emotionsintensive Dokumentationen unter anderem mit folgenden Titeln geplant: »Hitlers
willige Friseure«, »Hitlers billige Prostituierte«, »Hitlers bru-
tale Knallchargen«, »Hitlers Nachtgedanken« und »Hitlers
rüstige Rentner«. Das NS-Regime scheint ein unerschöpfli-
cher Fundus zu sein. Die mediale Präsenz des NS-Regimes ist
so groß, dass man die Beschäftigung mit »dem dunkelsten
Kapitel deutscher Geschichte« durchaus obsessiv nennen
könnte.

Andere Länder gehen mit der eigenen Geschichte ent-
spannter um, wie du sicherlich weißt. Die Franzosen haben
vor Jahren, philanthropisch und selbstlos wie sie sind, im
Parlament ein Gesetz beschlossen, welches die Massaker an
den Armeniern im Osmanischen Reich Anfang des 20. Jahrhunderts zum Völkermord erklärt und jede Leugnung unter
Strafe stellt. Gleichzeitig vermeiden sie aber die Aufarbei-
tung des Algerienkrieges, die Thematisierung der eigenen
brutalen Vorgehensweise, die Tausenden Algeriern das
Leben gekostet hat, weil diese es wagten, für die Unabhän-
gigkeit ihres Landes zu kämpfen. Auch die Pogrome an der
algerischen Minderheit in Frankreich, die in dieselbe Zeit fallen, kommen nirgends vor. An dieser widersprüchlichen und
heuchlerischen Haltung scheint sich aber kaum ein Franzo-
se zu stören, vielleicht auch, weil es rein anatomisch leichter
ist, den moralischen Zeigefinger auf andere zu richten als auf
sich selbst. Natürlich ließen sich hier weitere Länder mit
ähnlich aufrechter Vorgehensweise anführen, wie zum Beispiel die traditionellen Freiheitsexporteure aus den USA, die
kaum einen hilfsbedürftigen Diktator des letzten Jahrhunderts im Stich gelassen haben, die Kolonialpolitik des Mut-
terlandes der Demokratie, England, oder Russlands Umgang
mit der Stalin-Ära, als ganze Völker unter grausamen Um-
ständen zwangsumgesiedelt wurden. Gemeinsam ist den

europäischen Großmächten auch die Definition der eigenen Rolle während des Zweiten Weltkrieges: Sie waren hauptsächlich Opfer der hitlerschen Aggression und kämpften für die gerechte Sache. Englische Appeasementpolitik, deren Folge unter anderem die Preisgabe der Tschechoslowakei an die Nazis war, oder Stalins Pakt mit Hitler zur gerechten Filetierung Polens bilden in der Selbstwahrnehmung nur Randnotizen, war alles nicht heldenhaft, schmälert aber nicht die Rolle als Weltenretter.

So einfach machen es sich führende Köpfe der deutschen Öffentlichkeit wahrlich nicht. Sie gehen aufrichtiger, offener und – verglichen mit Nachbarstaaten – wesentlich ehrlicher mit der eigenen Geschichte um. Schieben die Verantwortung nicht reflexartig auf andere, stellen die eigenen Taten nicht als Reaktion auf erlittenes Unrecht dar, leugnen nicht, verharmlosen nicht, sie stehen zu ihrer Schuld und bemühen sich ehrlich um Versöhnung. Kannst du dir vorstellen, diese Formulierung je aus dem Mund eines orientalischen Staatsmannes zu hören: »Wir stehen zu unserer Schuld«? Oder von irgendeinem französischen, englischen, amerikanischen oder russischen Staatsoberhaupt? Eher wird man Leben auf dem Mars finden.

Ein paar Einschätzungen zur Nazizeit sind Allgemeingut, zumindest der Mehrheitsgesellschaft: »Es war eine schlimme Zeit, so etwas darf nie wieder passieren und wir dürfen das niemals vergessen.« Hier hört es mit der Einigkeit aber schon auf. Denn jede vermeintlich neue Untersuchung zum Dritten Reich löst wochenlanges öffentliches Stimmengewirr und Aufregung in den Feuilletons aus: »Muss Nazideutschland völlig neu bewertet werden? Was bedeutet das für künftige Generationen? Wie konnten wir diesen Aspekt bisher übersehen? Finden wir dazu noch einen passenden Gedenktag in unserem mit Gedenktagen übervollen Kalender?« Dazu kommen klassische Fragestellungen aus dem Bewertungskanon: »Darf man mit diesem Kapitel je abschließen? Wie konnte es nur dazu kommen? Darf man den Holocaust mit Gräueltaten anderer Länder vergleichen oder bleibt der Hitlerfaschismus ein Solitär in der Weltgeschichte?«

Aber ihr Umgang mit der Nazizeit trägt auch seltsame, rätselhafte, manische und bisweilen bizarre Züge. Abgesehen von der grundsätzlichen Frage, ob man Genozide überhaupt vergleichen kann, klingen in den Beiträgen der Experten und Feuilletonisten zur Einmaligkeit des Holocaust auch Töne an, die irritierend sind. Oft schwingt eine morbide Begeisterung mit, ein schauriges Sichweiden an der Unmenschlichkeit der Vorfahren, am Grad der Brutalität, gerade bei jenen, die den Vergleich vehement ablehnen. Für sie ist die Nazidiktatur einmalig in der Weltgeschichte und wird es immer bleiben. Gewollt oder ungewollt heben sie das Dritte Reich auf einen Sockel, weil eben jede historische Einordnung als Sakrileg gilt. Indem man auf Einmaligkeit beharrt, wird man selbst zu etwas Besonderem, wenn auch im negativen Sinne: Seht her, niemand war so böse wie wir.

Sie werfen sich mit einer Verve in diese Debatten, diskutieren mit einer Leidenschaft kleinste Details, nebensächlichste Nebenaspekte, die uns Außenstehende erstaunt, als ob sie sich an den Verbrechen der Großeltern- und Elterngeneration nicht sattsehen könnten, als ob die deutsche Geschichte nur aus diesen zwölf Jahren bestehen würde. Sie gleichen Schaulustigen, die an einem schrecklichen Unfall nicht vorbeilaufen können, ohne immer wieder draufzuschauen. Oft hält sich der Erkenntnisgewinn solcher in Zeitungen und TV-Sendungen geführten Debatten in Grenzen, und das Hauptargument der Beteiligten, mit jedem neuerlichen Diskurs

würde man gegen das Vergessen arbeiten und die schrecklichen Taten wieder in Erinnerung rufen, greift zu kurz, denn
der mediale Overkill, die inflationäre Ausstrahlung grau-
samster Bilder über Konzentrationslager, Erschießungen
von Soldaten, Verscharrung Tausender Leichen, Kämpfen an
der Kriegsfront, sorgt selbst beim ernsthaft interessierten
und engagierten Zuschauer für Überdruss oder schlimm-
stenfalls Abstumpfung. Kein Mensch kann täglich bis ins
Mark gehende Erschütterung empfinden.

Bei betuchten Leuten aus der Betroffenheitsliga ist das Er-
innern, das »Drüber-Sprechen« zu einem hohlen Ritual verkommen. Diese Gewissenssnobs geben ihren Kindern jüdische Vornamen, bringen die Untaten der Großelterngenera-
tion gerne ungefragt und obligatorisch zur Sprache, um
damit wohl irgendein konfuses Schuldgefühl abzutragen
und sich selbst des eigenen »Gutseins« zu vergewissern. Als
engagierte Zeichensetzer kaufen sie zwar beim Türken um
die Ecke Gemüse ein, essen beim Asiaten, tragen italienische
Schuhe, schicken die Kinder aber lieber auf ausländerfreie
Privatschulen oder katholische Gymnasien. Und sind felsen-
fest überzeugt, dass so etwas nie wieder passieren könnte,
weil die Menschen heute viel aufgeklärter und damit automatisch couragierter sind, was republikweite Lichterketten,
diverse »Mein Freund ist Ausländer«-Kampagnen und millionenfache Kettenmails eindrucksvoll bewiesen haben.

Das Dritte Reich war und ist medial dermaßen präsent,
dass Darstellungen anderer Epochen der deutschen Geschichte rar waren, die Aufmerksamkeit fokussierte sich
lange nur auf diese Zeit. Erst die Beschäftigung mit der Rote-
Armee-Fraktion in den letzten Jahren nahm einen ähnlich
großen Raum ein. Inzwischen gibt es auch immer mehr
Filme, Dokumentationen, Bücher über das Leben in der seli-

gen Deutschen Demokratischen Republik, aber diese Ära wird es in den Medien niemals zu solcher Prominenz bringen wie das »Tausendjährige Reich«, nicht einmal wie die RAF-Jahre. Genauso wenig wie zum Beispiel die Geschichte der Migration, obwohl Ausländer seit den Sechzigerjahren des vergangenen Jahrhunderts hier leben und eine große Rolle beim Wiederaufbau des Landes spielten. Medienschaffende würden nicht mal auf die Idee kommen, sich damit zu beschäftigen. Die Geschichte der DDR und der Migration in Westdeutschland war vermutlich einfach nicht brutal genug.

Ausländer werden aber selbstverständlich in den NS-Diskurs einbezogen. Wenn sie den deutschen Pass beantragen, dürfen sie Integrationskurse besuchen und sich über Hitlers Herrschaft aufklären lassen, um dann einen Einbürgerungstest zu bestehen, der eigentlich ein Gesinnungstest ist. Sie müssen durch richtiges Beantworten gewitzter Fangfragen über Antisemitismus, Islamismus und deutsche Geschichte ihre freiheitlich-demokratische Grundgesinnung bezeugen. Interessant wären die Ergebnisse gerade zu Fragen nach Demokratie und Antisemitismus, wenn man den Einbürgerungstest zur Probe auch mal »einfachen Deutschen« vorlegen würde.

Natürlich wird die ausdauernde, gründliche Beschäftigung mit einem schändlichen Abschnitt der eigenen Geschichte befremdlich auf dich wirken. Wir würden niemals ein Thema dermaßen ausführlich und von allen Seiten durchleuchten, schon gar nicht ein unrühmliches Kapitel unserer immer triumphalen Geschichte. Verschiedene Sichtweisen auf ein historisches Ereignis können wir uns noch nicht leisten. Entweder waren wir glorreich (meistens) oder Opfer (selten). Schuld und Fehler sind Kategorien, die bei unserer Betrachtung nicht vorkommen. Wir sehen unsere Vergangenheit auch nicht »kritisch«. Das tun unsere Feinde, die uns beleidigen wollen. Oder um es mit dem Leitspruch nationalistischer Großtürken zu sagen: »Entweder du liebst dein Land oder du verlässt es.« Dazwischen gibt es nichts. Die Deutschen lassen dagegen Gründlichkeit walten, auch bei der Selbstgeißelung. Aber irgendwann hatten sie jeden Stein dieser Epoche bestimmt zweimal umgedreht und dabei ihrem Masochismus dermaßen gefrönt, dass es selbst ihnen zu viel wurde. Und sie fanden – das wird dich überraschen, lieber Leser – tatsächlich einen neuen Aspekt, den sie noch nicht durchgekaut und wieder ausgespuckt hatten, nämlich die Frage: »Darf man über Hitler lachen?« Alle Redakteure, Reporter, Journalisten, Kolumnenschreiber, Fernsehfiguren, A-, B- und C-Promis, kurz alle Berufenen und Unberufenen luden noch einmal nach und stürzten sich mit dem letzten Aufgebot auf dieses Thema. Die Palette der Antworten reicht von: »Natürlich nicht, das wäre eine Verhöhnung der Opfer« über: »Ja, aber nur, wenn man vorher auf seine Gräueltaten hinweist und klarstellt, dass man das alles schrecklich fand« bis: »Der Typ selbst war doch ein Witz!« Dass aber im Brutalen, Gewalttätigen meistens auch etwas Lächerliches steckt, war kaum jemandem eine Bemerkung wert. Denk nur an Mussolini, der bei Reden und Paraden seinen dicken Rumpf durchdrückte und das Kinn gockelhaft nach oben reckte. Oder an Hitlers einstudierte cholerische Tiraden, wenn er im schmächtigen Körper eines Hänflings über die große blonde arische Rasse schwadronierte. Oder an den feisten ehemaligen haitianischen Diktator Jean-Claude Duvalier, der zu Recht »Baby Doc« genannt wird, weil er einem fetten Riesenbaby gleicht.

Am Ende dieser finalen Hitlerdebatte kam ein mehrheitliches »Ja« als Antwort heraus und nach der kollektiven Absolution wurden Fernsehprogramme, Bühnen und das Kino mit Hitlerparodien überschwemmt. Jeder noch so lausige Darsteller mit beschränktem Repertoire klebte sich einen Hitlerbart unter die Nase, scheitelte die Haare und gab den Führer. Durfte man jetzt ja. Man musste nur den Führer in eine alltägliche Situation adaptieren, in der Bahn, beim Bäcker, im Supermarkt, im Ehebett. Ging immer, war immer lustig. Gründlichkeit ist eine sehr deutsche Eigenschaft, übers Ziel hinausschießen auch. Im Windschatten der Humorisierung Hitlers trauten sich jetzt sogar Akademiker, jüdische Witze zu erzählen, aber immer mit der einleitenden Bemerkung, dass ja »Juden selber die schlimmsten jüdischen Witze erzählen«. Was nicht stimmt, denn Juden erzählen die besten jüdischen Witze, während alle anderen hauptsächlich antisemitisch angehauchte Schoten zum Besten geben.

Deutsche Schauspieler, die von einer Weltkarriere träumen und nach Hollywood gehen, kommen meistens nach wenigen Jahren enttäuscht zurück, weil sie in amerikanischen Filmen hell- bis dunkelblonde NS-Schergen spielen dürfen. Das Klischee deutsch = Nazi wird dort seit Jahrzehnten gerne bedient und damit immer wieder neu zementiert. Vielleicht ist das die gerechte Strafe für die Situation aller orientalischen Schauspieler im eigenen Land: Ein türkischer Schauspieler zum Beispiel darf in jungen Jahren einen Kleinkriminellen, Drogendealer, großen Bruder und Bluträcher spielen. Oder einen mit Drogen dealenden Bluträcher. Und in späten Jahren einen Gemüsemann, Imbissbesitzer, Gangsterboss und fundamentalistischen Familienpatriarchen. Oder einen Gangsterboss, dem viele Imbisse gehören. Türkische Schauspielerinnen haben es besser, ihre Rollenauswahl ist größer: unterdrückte und geschlagene kleine Schwester, geschlagene und unterdrückte große Schwester, unglückliche und unterdrückte Mutter, kranke und unglückliche Mutter. Oder eine unterdrückende glückliche, weil senile Mutter.

Sicherlich bist du ein vernünftiger Mensch und gehst achtsam durchs Leben. Falls du aber doch »über die Stränge schlagen« solltest – wir sind alle nur Menschen – und dein ganzes Geld vor Ende der Reise verprasst hast, das Restgeld nicht einmal für den Rückflug reicht, haben wir einen Tipp, wie du trotzdem wieder sicher und schnell in die Heimat kommst. Stell dich mit einem Megafon an das Brandenburger Tor in Berlin und verkünde in alle Himmelsrichtungen: »Was die Nazis mit den Juden gemacht haben, machen heute die Israelis mit den Palästinensern.« Wiederhole diesen Satz so lange, bis die Polizei kommt. Keine Sorge, lieber Freund, sie wird schnell kommen. Und bevor du dich versiehst, sitzt du in der ersten Klasse eines Lufthansajets und wirst ausgeflogen. Pass nur auf, dass dich die Bundespolizei nicht versehentlich in einen Iran-Air-Flieger Richtung Teheran setzt.

Wiedervereinigter Müll –
Von Umweltstrebern und anderen Landschaftsschändern

Dein Gastland, lieber Dattel-Tunesier, ist ein umweltfreundliches und umweltbewusstes Land. In jedem Viertel gibt es mindestens eine gepflegte »Grünanlage«, die aus weit mehr als einer rostigen Bank besteht, nämlich aus Rasen, Bäumen und Büschen. Dankbare Hauptnutzer der schönen Parks sind kiffende Jugendliche, müde Hundebesitzer und Penner, die an Sommertagen generös auch andere Besucher dulden. Der deutsche Stadtbewohner hat ein Faible fürs »Begrünen«, wie er es nennt. Er implantiert gerne ein Stück Natur, oder was er dafür hält, in sein urbanes Umfeld. Wir Orientalen bevorzugen dagegen das Betonieren. Sobald wir in der Stadt ein kleines unbebautes Stückchen Erde entdecken, bestellen wir sofort den Betonmischer. Denn für uns ist Erde schmutzig und macht Arbeit. So ließ ein entfernter Cousin des Autors seinen geräumigen Garten vollkommen zubetonieren, weil das seiner Frau die Gartenpflege deutlich erleichtern würde, wie er versicherte.

Du wirst hierzulande aber auch »Brüder im Geiste« treffen, die ein ähnliches Verhältnis zur Umwelt haben wie unsereins. Dazu muss deine Expedition ins Alemannenreich eine ländliche Region mit einschließen. Dort hast du Gelegenheit, deutsche Bauern kennen- und schätzen zu lernen, die Natur und Wald gleichfalls als störend und unpraktisch empfinden. Für den hiesigen Landwirt ist nur ein gerodeter Wald ein guter Wald. Ein Wald, der Platz für weitere Getreidefelder macht, die Erträge steigert, über den er mit seinem riesigen Traktor pflügen kann. Denn der hiesige Bauer befindet sich seit Urzeiten im Kampf mit der Wildnis, die seine Felder in Form von Hagel, Unkraut und Wildschweinen heimsucht und ihn täglich aufs Neue existenziell bedroht. Im Ringen mit den Elementen fährt er DIN-genormtes Hochleistungsgetreide, Pestizide und seine Jagdwaffe auf und fühlt sich dennoch beständig im Überlebenskampf. Die jährlichen Subventionen aus den Töpfen der Europäischen Union bedeuten daher nur eine symbolische Anerkennung seines heroischen Einsatzes als Grenzposten der zivilisierten Teutonenwelt. Seine wahre Sehnsucht, endlich als Rückgrat des Landes anerkannt und gelobt zu werden, können die vielen Euro-Millionen nur bedingt lindern.

Bei dem Stadtbewohner aber – besonders bei der Stadtbewohnerin – ist die Liebe zu Natur und Umwelt sehr ausgeprägt. Der Umwelt zuliebe trennt sie konsequent allen Müll: Glas, Papier und Plastik kommen in jeweils unterschiedliche Tonnen. Dazu gibt es noch Mülltonnen für den sogenannten Restmüll, und besonders umweltbewusste Damen unterhalten einen Plastikeimer in der Küche für den »Bioabfall«. Damit sind Kartoffel- und Zwiebelschalen, triefende Kaffeefilter und verschimmeltes Obst gemeint. Diese schichtet die moderne Städterin im Hinterhofgarten zu einem Komposthaufen, der sich in wenigen Jahren zur fruchtbarsten und nährstoffreichsten Erde verwandeln wird, seit es deutsche Biobananen gibt. Mit dieser Entsorgungsmethode lässt die Städterin auch ihre Nachbarn am natürlichen Verwesungsgeruch des ökologischen Abfalls teilhaben.

Nur ein winziges Detail, lieber Gast, hat den bescheidenen Verfasser dieser Zeilen etwas verwirrt: Obwohl der Müll in drei bis fünf verschiedenfarbigen Tonnen gesammelt wird, schickt die Stadtreinigung nur zwei Sorten von Müllwagen zum Sammeln durch die Straßen. Einen Müllwagen für die Altglastonnen und einen weiteren für den Rest. Der von der deutschen Dame so sorgsam getrennte Müll wird im Bauch des Müllwagens wiedervereinigt und landet schließlich in einer Müllverbrennungsanlage. Ob der Unrat dort von osteuropäischen Saisonarbeitern wieder getrennt wird, wie manch Umweltaktivist beteuert, lässt sich leider nicht zweifelsfrei nachweisen. Bei der Mülltrennung geht es der deutschen Frau ums Prinzip. Auf welch wundersame Weise aber der zuerst getrennte und später wiedervereinigt verbrannte Müll der Natur hilft, wird sich uns prinzipienarmen Morgenländern niemals vollständig erschließen.

Der Deutsche hält seine Umgebung auch »instand«, wie er es nennt. Er pflegt, repariert und überarbeitet, wenn es sein muss. Zu jeder Jahreszeit schwärmen zum Beispiel die Gärtner auf sämtliche Innenhöfe und Parkanlagen aus, stutzen und begradigen zentimetergenau jede Ligusterhecke, richten unkoordiniert wachsende Büsche und reinigen mit benzinbetriebenen Bläsern, deren Lärm einem startenden Passagierflugzeug gleicht, den Boden von Laub und Unterholz. Ihre Mission ist erst erfüllt, wenn ordentliche Natur (Rasen, Hecke) von unordentlicher (Laub, Geziefer) befreit ist. Der deutsche Innenhof ist steriler als so mancher Operationssaal in unserer Heimat.

Hegen und Pflegen als Wesensart liegt uns Orientalen nicht wirklich im Blut, wie wir in unserem Alltag des Öfteren feststellen dürfen. Ein morgenländischer Bauunternehmer verkauft ein Haus ohne Fenster und Türen, ohne Strom-, Wasser- und Straßenanschluss gerne als »mondäne Stadtvilla«, deren Fertigstellung er großzügig dem Käufer überlässt. Selbst wenn er ein mehrgeschossiges Gebäude nach hiesigen Maßstäben zu Ende baut, wird später der stolze Eigentümer keinen weiteren Cent mehr in sein Prachtstück investieren, geschweige anfallende Reparaturen durchführen. Er wird das Objekt seinem Schicksal überlassen und nach zehn Jahren wird die erste Instandsetzung aus dem Abriss des Gebäudes bestehen, damit Platz für ein unfertiges Haus mit doppelt so vielen Stockwerken geschaffen wird.

Der Deutsche wäre nicht deutsch, lieber Okzidentbummler, wenn er beim Umweltschutz den Biowollfaden nicht vom heimischen Mikrokosmos bis zum gesamtglobalen Makrokosmos spinnen würde. Wenn er nicht zugleich auch die Rettung des Planeten im Blick hätte. Und da er sich grundsätzlich als Vorreiter in allen Lebenslagen versteht, geht er beim Naturschutz mit beispielhaftem globalbewusstem Handeln voran. Er stellt, vom Staat finanziell unterstützt, zur Stromgewinnung und Landschaftsverschönerung Windräder auf Wiesen, Felder und ins Meer, rüstet Dächer mit Solarzellen aus, singt und schwitzt sich auf weltweit synchron geschalteten Klimarettungskonzerten die Seele aus dem Leib, fährt den Rasenmäher mit Biodiesel, sperrt Landstraßen für die Krötenwanderung, sammelt – es sei denn, er ist ein Hauptstadtbewohner – Hundescheiße vom Bordstein, trägt den Einkauf in Leinenbeuteln und dreht nachts die Heizung runter. Manch Umweltblasphemiker behauptet zwar, dass kein Windrad je die Menge an Energie erzeugen wird, die seine Herstellung verbraucht hat, und Solarzellen in diesen Breitengraden so wirkungsvoll sind wie ein Staudamm in der Sahara, aber davon lässt er sich nicht beirren. Er ist von der Richtigkeit dieser umweltschonenden Maßnahmen überzeugt und niemand kann ihn bei dieser Mission aufhalten. Zu diesem emsigen Verhalten wird er von seinem Urtrauma getrieben. Denn wenn eines nicht fernen Tages die Erde trotzdem untergehen oder explodieren sollte und die

Menschheit gerechterweise gleich mit erledigt wird, soll danach niemand mehr sagen können: »Der Deutsche war wieder schuld!«

Leicht wie Beton –
Nur ein grübelnder Deutscher ist ein guter Deutscher

>»Wir sind so zwanghaft bemüht,
>nicht deutsch zu sein,
>dass es schon wieder deutsch ist.«
>Lutz von Rosenberg, Deutscher und Kabarettist

Der Deutsche ist ein vielfach gespaltenes Wesen, lieber Auberginen-Osmane. Immer möchte er alles gleichzeitig sein, und würde man ihn nach seinem liebsten Spiegelbild fragen, bekäme man eine formvollendete Singleanzeige für den perfekten Lebenspartner als Antwort: spontan, aber häuslich; zupackend, aber sensitiv; romantisch, aber erdverbunden; emotional, aber vernünftig; gesellig, aber kann auch allein sein; wild, aber nachdenklich; klug, aber nicht verkopft. Natürlich ist ihm die Unmöglichkeit dieses Ideals seiner selbst bewusst, nur wird er niemals davon lassen können, denn nur die Quadratur des Kreises ist sein liebstes Wolkenkuckucksheim. Seit er durch Marshallplan, harte Arbeit und etwas Glück von den gröbsten materiellen Sorgen befreit ist, ergründet er in der Freizeit mit Vorliebe seine Innenwelt und taucht in seelische, psychologische, philosophische Tiefen ein, die kein Orientale je gesehen hat und wahrscheinlich auch niemals sehen wird. Wo andere erschlaffen, des Hinterfragens müde sind, dringt und drängt er weiter, nimmt Meter um Meter, analog zu den Fortschrittsetappen der einheimischen Waschmittelindustrie: nicht nur sauber, sondern rein, porentief rein, mikroskopisch rein, molekular rein. Und ein Ende der Tiefenforschung ist nicht abzusehen.

Wie leicht lebt es sich für dich dagegen in deiner Hütte aus porösem Leichtbeton? Geplagt von irdischen Sorgen um die nächste Ernte, kranke Tiere und die störrische Ehefrau, lebst du in den Tag hinein und bist froh, wenn du sonntags im Teehaus deinen carbonatverstärkten schwarzen Tee schlürfen, mit deinesgleichen über die viel zu niedrigen staatlichen Abnahmepreise für Tabak palavern und beim Kartenspiel deinen Handrücken auf dem filzbedeckten Tisch wund hauen kannst. Dein Selbstideal besteht aus einem großen, nachkolorierten Schwarz-Weiß-Foto, das über dem Kamin hängt: Du thronst in deinem besten Hemd stolz auf dem Stuhl, deine Frau sitzt daneben auf dem Boden. Die beiden Töchter lächeln mit Schleifen im Haar auf deinem Schoß und der Sohn hockt mit grimmigem Blick vor der Mutter. Nach Gold würdest du schon schürfen, aber nach gedanklichen Tiefen? Und die Frage nach dem Sinn deiner Existenz hat bereits deine Mutter bei der Geburt beantwortet, sie hat dich in die Welt gesetzt und eines hoffentlich sehr fernen Tages wird dich Allah wieder abholen. Warst du bis dahin rechtschaffen und hast dich wacker durchs Leben geschlagen, setzt er dich bestimmt in den Himmel. Warst du aber wie viele unserer Leute ein bigotter Gauner, der kurz vor Torschluss nach Mekka gepilgert ist, um mit der obligatorischen Totalläuterung heimzukehren, wird er dir schon einmal einen passenden Platz in der Hölle reservieren, mit Fensterblick zum Himmel. Alle weiteren Fragen, die um dein irdisches Leben kreisen, fallen ebenfalls in den Aufgabenbereich des Allmächtigen, du hast auch so schon beide Hände voll zu tun.

Mit dieser für dich als gerecht empfundenen Aufgabenverteilung würde sich der deutsche Menschenbruder nicht zufriedengeben. Er fühlt sich für sein Leben voll und ganz selbst zuständig und klopft jegliches Handeln nach dem höheren Sinn ab. Verknallt er sich in eine Frau, schießen ihm nicht zuerst Hormone, sondern Zweifel in den Kopf. Kann er seinen Gefühlen trauen? Ist er überhaupt bereit für eine neue, nun ja, Liebe? Was ist, wenn sie seine Gefühle nicht erwidert? Selbst wenn sie zusammenkommen sollten, werden sie zueinander passen? Ihre biologische Uhr scheint mächtig zu ticken, aber will er sich mit Anfang vierzig schon so fest binden? Wären Kinder eh nicht eine große finanzielle Belastung? Ist sie die vielen Kompromisse wert, die man in einer Beziehung unweigerlich eingehen muss? Macht es überhaupt noch Sinn, in Zeiten von Bankenkrisen, Erdölknappheit, Klimakatastrophe, Hartz IV und Genbananen eine Familie zu gründen? Um nur einige der Fragen zu nennen, die durch seinen Kopf schwirren, bevor er sie überhaupt angesprochen hat.

Wärst du verliebt, würdest du dich mit Haut und Haaren auf die Angebetete stürzen, im Galopp, mit eng angelegten Scheuklappen, den letzten Cent würdest du ihr zuliebe verprassen, benebelt und glückstrunken. Hauptsache, sie erwidert deine Gefühle. Tut sie es, legst du gleich zwanzig Zentimeter an Körpergröße zu, gehst breiter als der breiteste Türsteher, knöpfst dein schneeweißes Hemd bis zum Bauchnabel auf und strahlst über alle Goldzähne. Tut sie es nicht, geht für dich die ganze Welt unter und du ertränkst deinen Schmerz bei der einen oder anderen Flasche Anisschnaps oder Whiskey und singst mit leidensrunzeliger Stirn Lieder über die Treulose, die Undankbare, die Teuflische. Du trinkst, singst und jaulst, oder du singst, jaulst und trinkst. Dein Repertoire an Schmalzschnulzen ist groß, denn deine Ahnen haben dir ein ganzes Arsenal schönster Schmerz- und Folterlieder über die unerfüllte, die zu Tode peinigende Liebe hinterlassen.

Du isst, weil du Hunger hast, weil es dir schmeckt. Gerne schwer, viel Teig, viel Öl und viel Fleisch. Ausgiebig, mit Großfamilie, Lärm und Trubel. An deinem riesigen, grell erleuchteten Wohnzimmertisch. Der Deutsche isst paarweise, zum Genuss, vor allem leicht, bei gedämpftem, warmem Licht. Kostet bewusst ein wenig hiervon und davon, keine Portionen, eher Portiönchen, aufeinander abgestimmt, kreiert, komponiert. Und immer wieder neu muss das Essen sein, anders, sein Gaumen will gestreichelt, inspiriert, gekitzelt werden. Und dann isst er auch noch rein funktionell, für die Verdauung, weil Verdauen wichtig ist. Den Ballast trägt er nicht nur in seinem Kopf, auch sein Darm ist voll davon. Abwechslungsreich muss seine Ernährung sein, fein austariert zwischen Obst, Gemüse und etwas fettarmem Fleisch. Seine Ernährung ist ganzheitlich; deine einheitlich: Gekochtes Fleisch ist gut, gebratenes noch besser, gegrilltes Fleisch am besten. Gemüse ist auch nicht so schlecht, als Beilage.

Du kaufst einen Fünferpack T-Shirts an dem nächstbesten Basarstand, für zehn Euro und mit Einlaufgarantie. Er erwirbt nach ausführlicher, vergleichender Suche ein T-Shirt für fünfzig Euro, weil er damit zugleich einer Näherin in Peru den Lebensunterhalt für einen Monat sichern und die Welt zu einem besseren Platz machen will. Du läufst mit Gottvertrauen über eine morsche Brücke, er prüft zuerst die Statik. Dein Wasser ist kalkhaltig, seines still, deine Gurken sind gespritzt und glatt, seine gesund und schrumpelig. Du bist mit einer Sache schnell fertig, er bereitet sie nach und schließt dann ab. Du planst fatalistisch die nächsten zehn Tage, er sorgenvoll die nächsten zehn Jahre, mit Option auf die darauffolgenden fünf, dein Leben ist Kür, seines Pflicht.

Wie will er mit dieser Methode je zu einem Ende kommen, wie will er Frieden finden, wirst du dich vielleicht fragen. An einem Ende ist er gar nicht interessiert, vermuten wir, das würde wohl seiner Natur widersprechen. Überhaupt solltest du, was die Geisteswelten betrifft, den Deutschen nicht mit deinen Maßstäben messen, weil er ganz andere, höhere Ansprüche an sich selber hat. Er möchte »wachsen, reflektieren, sich entwickeln, fortlaufend zu neuen Ufern aufbrechen, sich ausleben, ausdrücken, selbst verwirklichen, an die Grenzen gehen, den inneren Schweinehund überwinden«. (Leider kann dir der bescheidene Erkunder transzendentaler Teutonen-Kosmen über dieses typisch deutsche Tier nichts Genaueres erzählen, da es ihm trotz intensiver Recherche unter Einbindung aller Suchmaschinen im Internet nicht gelungen ist, genauere Informationen oder gar ein Bild des fast schon mythischen Schweinehundes in Erfahrung zu bringen.)

Auch ethisch bewegen sich die Deutschen in einer anderen Liga. Mit einem überproportional großen Gewissen als Richtschnur ausgestattet, möchten sie in allem moralische Vorreiter sein, gerade im länderübergreifenden Vergleich. Sie verkaufen zwar auch Waffen an unsere Länder mit demokratischen Einparteiensystemen, aber sie schämen sich ein bisschen dafür und durchsieben unsere Haftanstalten nach politischen Gefangenen, um ihnen betroffen die Hand zu schütteln. Sie essen gerne argentinische Steaks, die um die halbe Welt transportiert werden müssen, aber sie tun es selten und geißeln sich gleich im Anschluss, bevor das Dessert auf dem Tisch steht. Sie subventionieren die einheimische Agrarindustrie und zerstören damit indirekt die Lebensgrundlage afrikanischer Bauern, aber sie wissen darum und es tut ihnen wirklich leid. Als Entschädigung veranstalten sie Benefizkonzerte, sammeln Spenden und singen sogar weltweit und synchron mit Gewissensgenossen aus ähnlich empathischen Staaten Lieder für die lieben Neger. Ihr moralisches Pensum ist dermaßen umfangreich, lieber Ayran-Anatole, da können wir mit unseren spärlichen Almosen zum Ramadanfest nur vor Scham erbleichen. Nicht einmal der Gedanke, dass sie bei diesen permanenten inneren Kämpfen ja viel unglücklicher als wir sein müssen, kann uns trösten, weil sie es sich in ihrer seelischen Dauerqual mindestens so gemütlich eingerichtet haben wie wir in unserem Grundjammer.

Im Künstlerischen und Musischen liegen die Ansprüche des Deutschen nicht minder hoch. Das Einfache ist ihm die Komödie, die Königsdisziplin aber ist das Drama, ob in Film, Theater oder Literatur. Nur im Rest der Welt gilt es genau andersherum. Macht nichts, stört ihn nicht. Lachen, Lächeln, Glucksen, Kichern sind ihm klein, nichtig. Trauer, Tod, Trübsal, nagendes Gewissen, Verderben, Finsternis, Dunkelheit sind ihm groß, bedeutend. Nicht umsonst ist Goethes erhabener, aber erdenschwerer »Faust« das deutsche Meisterwerk schlechthin.

Fragst du dich, warum du lachst? Nein, hast du nie, warum auch? Und mit diesem Mangel an intellektueller Reflexion willst du in die EU? Törichter Orientale! Der Deutsche fragt sich immer, warum er lacht, wenn er denn lacht. Erforscht stetig die fließenden Grenzen zwischen erlaubtem und verwerflichem Humor. Überprüft jeden Witz nach politischer Korrektheit. Aus vollem Hals wird er vermutlich erst lachen können, wenn er die sonst nirgends existierende Formel für Witze ohne Schadenfreude und Häme findet.

Ein Gemälde oder ein anderes Kunstwerk sollte nicht zugänglich sein, harmonisch oder gar ironisch. Und niemals, auf keinen Fall darf es verständlich sein. Wenn aber ein Künstler tatsächlich diese Todsünde begeht und ein verstehbares Kunstwerk schafft, verliert er im Auge des deutschen Betrachters mehr Wert, als es unser Geld in inflationärsten Zeiten kann. Je weniger der germanische Rezipient versteht, desto größer muss das Werk sein; steht er vor einem Bild und hat nicht den blassesten Schimmer, was des Künstlers Intention war, dann muss es ein Meisterwerk sein. Ohne Zweifel. Unsereins würde an einer riesigen Leinwand mit drei, vier willenlos hingeklatschten Pinselstrichen achtlos vorbeigehen und sich höchstens die Frage stellen, ob der Maler keine Zeit oder kein Geld mehr für Farbe hatte, dass er so wenig auf die Leinwand gebracht hat. Aber der kunsthistorisch beflissene Deutsche würde den Blick so lange über die sparsam betupfte Leinwand schweifen lassen, bis er eine Ahnung des höheren Sinns darin erheischt hat.

Frag dich jetzt nicht, ob er denn gar keine Freude hat, keine Gefühle. Wieder würdest du ihn unterschätzen, natürlich hat er Gefühle. Er kämpft einen geradezu heroischen Kampf mit ihnen und verfügt über ein spezielles Vokabular bei der Umschreibung seiner Regungen:

»Ich habe Emotionen, die man nicht beschreiben kann.«

»Vom Gefühl her würde ich sagen …«

»Gefühlsmäßig denke ich mal, dass …«

»Da hatte ich einen hochemotionalen Moment.«

»Dann musste ich Gefühle zeigen.«

»Ich habe da spontan empfunden, dass …«

»Man muss positive von negativen Emotionen trennen.«

»Ich kann mich momentan gefühlsmäßig nicht auf jemanden einlassen.«

Du wirst seinen tapferen Kampf mit dem Herzen richtig einordnen können, wenn du an unseren mit dem Kopf denkst. Nicht nur zu Weihnachten fordern die Deutschen sich selbst zu »mehr Menschlichkeit, zu mehr Wärme untereinander« auf, möchten zukünftig »mehr Gefühle zulassen«.

Ihre Appelle ähneln unseren, endlich mehr Vernunft in allen Dingen walten zu lassen.

Sie reden mit einer Häufigkeit und Hingabe über ihre Gefühle, die sich nur mit unserer Leidenschaft für Flüche vergleichen lässt, die, wie du weißt, durchgehend fäkale und vor allem sexuelle Konnotationen haben. Nur ein Erstsemester der Psychologie würde deshalb aus diesen landestypischen Phänomenen auf Mangelerscheinungen in der Gefühlswelt hier und im Sexualleben dort schließen.

Wir reagieren mit Vorliebe impulsiv, überfluten eine Streitfrage oder ein Thema mit kollektiver Gefühlsbrandung, laden sie so lange auf, bis ein Funke zur Explosion genügt. Können dann aber, wenn der Schaden nicht größer sein könnte, unsere Aufwallungen wunderbar rationalisieren und erklären, warum unsere Reaktion durchaus vernünftig war. Unser Versuch, mit Gefühlen die Ratio zu lenken, ist von ähnlichem Erfolg gekrönt wie ihr Versuch, mit Ratio die Gefühle zu lenken. Überraschenderweise bleiben ihnen Gefühle am Ende trotzdem irgendwie rätselhaft. Und erstaunlicherweise uns die Vernunft.

Bier im Blut und Holz in der Hüfte – Party-Ekstase bei Tomate-Mozzarella

Willst du die Seele dieses Landes erkunden, lieber Kümmel-Kirgise, musst du dich natürlich »unters Volk mischen«, wie man hier sagt. Du wirst dich wundern, wie kontaktfreudig und gesprächig Deutsche sein können, wenn du bereit bist, den ersten Schritt zu machen und ihre angeborene Scheu vor dem Fremden zu überwinden. Verwende bei der Kontaktaufnahme mit den Eingeborenen aber so wenig Englisch wie möglich, denn mit der internationalen Lingua franca stehen sie genauso auf dem Kriegsfuß wie wir Orientalen. Beim Zusammenprall deines berüchtigten Oriental English mit dem nicht minder gefürchteten German English kann es sonst zum verständnisfreien Verbalclash der Akzentkulturen kommen. Versuch es auf jeden Fall mit dem Deutschen. Egal wie holperig diese komplizierte Sprache dir über die Zunge geht, du wirst gerade bei der weiblichen Bevölkerung immer ein strahlendes Gesicht ernten und ins Gespräch kommen, denn ebenso wie deinesgleichen ist sie verzückt, wenn sich ein Fremder für ihre Sprache und Kultur interessiert. Als erste Geste des guten Willens wird sie dir mit Begeisterung alles, was sie über deine Heimat, deine Region und deinen Kontinent weiß, um die Ohren hauen, um zielsicher bei der unglaublich herzlichen Gastfreundschaft zu landen, die wir Orientalen ja praktisch mit der Kamelstutenmilch aufsaugen. Zu Tränen gerührt wird sie besonders das Schlüsselerlebnis aller Pauschalorientalisten hervorheben: Wie bei einer klimatisierten Tagestour durch das Landesinnere selbst die »einfachsten Menschen« in abgelegensten Bergdörfern bereit waren, den letzten Fladen mit dem dauergewellten und blond gesträhnten Gast aus Europa zu teilen. Nichts erweitert ihre Tränendrüsen so zu einem Sturzbach, nichts löst größere Rührung in ihrer wallenden Brust aus als ein von der Zivilisation unberührter einfacher Mensch, der ohne Strom und fließend Wasser in seiner Lehmhütte hockt und dann auch noch ohne Gegenleistung sein letztes verbranntes Brot mit ihr teilt. In ihren Augen ist er der Schamane des neuen Jahrtausends, er trägt das Geheimnis des Lebens unter dem Filzmantel, ist nicht durch westliche Zivilisation und Technik verdorben und schwebt glückselig durch Zeit und Raum.

Falls sie dich im Überschwang zu sich einlädt, solltest du die Einladung annehmen, überhaupt solltest du unbedingt jeder Einladung von Einheimischen folgen, damit du staunen kannst, wie sehr sie die glücksdurchtränkten Erinnerungen an den paradiesischen Orient in eigene Gastfreundschaft adaptiert haben. Denn durch diese jahrelangen emotionsintensiven Kulturreisen in unsere Dörfer gibt es nur noch marginale Unterschiede zwischen unserer und der deutschen Gastfreundschaft, die wir aber der Vollständigkeit wegen nicht unerwähnt lassen wollen – womit wir schon bei der ersten kleinen Einschränkung wären, denn die für uns gewohnt unbedachte Spontaneinladung im Überschwang kommt eher selten vor. Meistens werden Partys, wie es sich für hiesige Verhältnisse gehört, lange im Voraus geplant und erst dann wird ein bestimmter Tag festgelegt, nachdem sich die Frau des Hauses mit dem Partner terminlich kurzgeschlossen und relevante Faktoren wie gefühlte Lust, Stand des Girokontos, Anzahl der Teilnehmer und Zustand der Küche geklärt hat.

Du solltest jetzt nicht süffisant grinsen, liebe Glaubensschwester, denn die Suche nach einem geeigneten Termin stellt in diesen Breitengraden kein kleines Hindernis dar. Viele Tage kommen von vornherein nicht infrage, und es sind wesentlich mehr Frauen berufstätig als bei uns. Hier schlendert kaum eine Frau am späten Vormittag mit Plastiktüten bepackt vom Markt nach Hause und brüllt zum Balkon ihrer Freundin hoch: »Reyhan! Kommst du gleich zum Tee?« Sie kann nicht ständig Kaugummi kauend in der Küche der Freundin, Tante oder Mama hocken, um den neuesten Tratsch auszutauschen. Nein, sie lebt ein Leben streng nach dem Terminkalender, der stets für die nächsten Monate genau anzeigt, was geplant ist und welche Zeitfenster noch spontane Aktionen erlauben. Die Zeit der Schulferien oder der gesetzlichen und ungesetzlichen Feiertage, von denen es besonders in den katholischen Bundesländern etliche gibt, kommen nicht infrage, weil sie an diesen Tagen verreist. Überhaupt könnte man meinen, die Deutschen seien permanent am Verreisen, was der Sinnspruch »Woanders ist es immer schöner« gut beschreibt.

Sollte deine Tour durch dieses schöne Land auf die Sommerschulferien fallen, kannst du tatsächlich froh sein, wenn du noch ein paar Deutsche in Deutschland antriffst. Auch sogenannte Brückentage, unscheinbare Arbeitstage, eingeklemmt zwischen den Feiertagen, kommen nicht infrage, weil sie eben zur natürlichen Verlängerung der Kurzferien benutzt werden. Und die Weihnachtsferien am Ende des Jahres sind grundsätzlich auf Jahrzehnte hin für Besuche bei den Eltern reserviert, bis diese »die Radieschen von unten zählen« oder den Lebensabend in einem Seniorenheim verbringen. Die Deutschen besuchen ihre Erzeuger zu diesen von der Kirche zur Besinnung freigegebenen Tagen in etwa genauso freiwillig wie wir unsere zum Opferfest, und ähnlich harmonisch verläuft auch das Zusammensein.

Wenn das Datum der Party endlich feststeht, verschickt die Gastgeberin per Mail oder SMS die Einladung. Hier eine geläufige kurze SMS-Einladung: »Hallo Freunde, am 29. Februar ab 21 Uhr Party bei uns. Abfeiern, bis der Arzt kommt! Für Wasser und Nudelsalat ist gesorgt. Wir freuen uns! Grüße von Bine&Manni«. Damit wären wir beim nächsten kleinen Unterschied. Je jünger die Deutsche ist, desto gründlicher trennt sie Einladung und Essen. Sie bringt die Leute zusammen, stellt selbstlos ihre Räume zur Verfügung, sorgt für Toilettenpapier und minimale kulinarische Grundversorgung, den Rest tragen die Gäste bei. Sie wird mit Sicherheit nicht stundenlang Weinblätter rollen, Auberginen braten, vier verschiedene Vorspeisen zubereiten und süße Teigwaren backen, bis der Herd platzt. Stattdessen ruft sie die Auserwählten an und schlägt vor, was diese zum Buffet beitragen könnten. Wobei traditionell Frauen für Speisen und Männer für Getränke zuständig sind.

Obwohl die Fernsehstationen das Land mit unzähligen Kochsendungen berieseln und Kochen momentan schwer im Trend liegt, wirst du davon an den Buffets nicht viel bemerken. Dort regiert seit einiger Zeit »Tomate-Mozzarella«, der Rettungsanker aller um biologische Frische bemühten Frauen. Wem selbst das zu aufwendig erscheint, versucht sich an dem Nachkriegsklassiker der deutschen Küche, Nudelsalat. Der Autor durfte schon mehrfach seinen Gaumen an deutschen Partytafeln mit fünf identischen Nudelsalaten und drei Paletten »Tomate-Mozzarella« kitzeln. Der Mann macht nichts falsch, wenn er mit einem Sechserpack oder einer ganzen Kiste Bier anrückt. So wie wir zu allen möglichen und unmöglichen Speisen Brot essen, trinken die Deutschen zu allen Köstlichkeiten und auch sonst grundsätzlich Bier. Da kein Kühlschrank groß genug für die Masse an Bier ist, kühlen sie die Flaschen gerne in der Badewanne, was dich beim Gang zur Toilette nicht weiter irritieren sollte.

Du kannst deine neue deutsche Freundin besonders beeindrucken, wenn du etwas aus unserer Küche zubereitest und die Speise mit den Worten »Habe ich selbst gemacht« übergibst. Voller Begeisterung wird sie dich über Zutaten, Zubereitung und Herkunft der Speise ausfragen. Leg dir darum vorher ein paar blumige Geschichten über gewitzte Haremsdamen und korpulente Sultane zurecht. Und als Muselmane kannst du natürlich original arabischen Anisschnaps mit dem Medina-Reinheitssiegel kredenzen, der sich am späteren Abend sehr gut zum traditionellen »Brüderschaft-Trinken« unter bis dato Fremden eignet.

Beim Eintreten darfst du auf keinen Fall die Schuhe ausziehen, immer mit den Schuhen hineingehen und die Hausherren aus sicherem Abstand mit einem freundschaftlichen »Hi!« begrüßen. Um gleich mit den Leuten ins Gespräch zu kommen, steht dir eine ganze Themenpalette zur Auswahl: Die Nahostkrise, der hohe Ölpreis, dreiste Steuern, die Firma, der fortwährend gefährdete Arbeitsplatz, die unverschämten Kollegen, der undankbare Chef sind geeignete Sujets. Und wenn die Unterhaltung einmal zu versiegen droht, kannst du gerne auf die wirtschaftlich schlechte Lage des Landes zu sprechen kommen, und du wirst immer breite Zustimmung unter deinen Smalltalkpartnern ernten, wenn du jedes Statement konsequent mit der Bemerkung »Schlimmer kann es ja nicht werden« abschließt. Denn die gefühlte wirtschaftliche Realität des Deutschen ist immer schlechter als die tatsächliche. Persönlichere Themen wie Freunde, Familie, Sex und Fußball solltest du eher später anschneiden. Mit folgenden allgemeinen Redewendungen kannst du ohne Weiteres eine Unterhaltung beginnen oder an einer bereits laufenden teilnehmen: »Und, wie gehts?«, » Und, wie läufts?« oder »Danke, und selbst?«.

Für die Zusammenstellung der Musik ist der Mann im Haus zuständig. Besonderen Wert legt er dabei auf »coole« und »tanzbare« Musik. Coole Musik spielt er den größten Teil des Abends in »Zimmerlautstärke« und nicht, wie wir es zu solchen Anlässen gewohnt sind, in Straßenzug-Lautstärke. Darum brauchst du deinem Gesprächspartner auch nicht ins Ohr zu brüllen, es reicht der gemäßigte Ton, überhaupt solltest du dich über die gedämpfte Atmosphäre nicht wundern, die Deutschen plappern auf Partys zwar auch wild und heftig durcheinander und gestikulieren für ihre Verhältnisse leidenschaftlich, aber kürzer und später, viel später. Wenn nämlich weit nach Mitternacht der größte Teil der Alkoholbestände aufgebraucht ist und in Stadionlautstärke die tanzbare Musik läuft. Doch, doch, verehrte Schwester, ihre Musik ist tanzbar, nach einer notwendigen Eingewöhnungszeit teilweise sogar rhythmisch, und du wirst staunen, wie ausdrucksstark selbst der steifste Typ nach zehn Flaschen Bier tanzen kann, obwohl er die meiste Zeit unscheinbar in der Ecke stand und mit seinem Kopf sachte zur Musik nickte. Gut, Tanzen ist ein weit gefasstes Wort und der Vergleich mit den Schweißorgien auf unseren Festen wäre sehr ungerecht, aber immerhin bewegen sich die Germanen tapfer – ungern miteinander, lieber allein, nicht aus der Hüfte, eher aus dem Standbein, nicht schwebend, eher stampfend, nicht lächelnd mit Verzierungen, eher schwer konzentriert, im Viervierteltakt klatschend. Aber ansonsten ist gegen ihre Standgymnastik nichts einzuwenden. Auf jeden Fall solltest du immer eine CD mit Orientalpop dabeihaben und sie mit Erlaubnis der Gastgeber gegen drei, vier Uhr früh einlegen. Von den bauchtanzenden Deutschen wirst du noch deinen Enkelkindern erzählen, versprochen.

Achtung, mit dem bei uns weit verbreiteten Singen gefühlsduseliger alter Volkslieder im Chor kann der Deutsche nicht viel anfangen und gerade in geschlossenen Räumen solltest du deinen Singtrieb unterdrücken. Höchstens bei Festen jugendlicher Deutscher im Freien, auch »Kifferpartys« genannt, kannst du deiner Schmachtstimme freien Lauf lassen, nachdem der erste Joint bei allen Teilnehmern die Runde gemacht hat. Beim Verabschieden solltest du deinen Gastgebern – jetzt mit Umarmung – ein Kompliment machen. Besonders gern hört er, dass seine Party »nett« oder »echt nett« war, und wenn du, südländisch, wie du nun mal bist, dicker auftragen willst, kannst du ihnen beim Treppenhinuntergehen in fünffacher Wiederholungsschleife versichern, dass die Party »total nett« war.

Wie du siehst, verehrte Schwester, sind die Deutschen schon ungemein orientalisch, und wenn der Schmalztiegel zwischen unseren Kontinenten weiterhin so befeuert wird, könnten sie sogar eines Tages bei Partys ihr Geschirr von Pappe auf Porzellan umstellen. Und du verfügst jetzt selbst über ein Schlüsselerlebnis teutonischer Gastlichkeit, das du jedem irgendwie nordeuropäisch aussehenden Touristen, der dein Dorf besucht, tränenreich auf die verbrannte Nase binden kannst.

Deutsche waren nicht drunter –
Von Bildungsinländern und
anderen Mitbürgern

Die Beziehung des Deutschen zum Ausländer, lieber Döner-Druse, ist keine von Romeo und Julia. Sie gleicht eher einer »Vernunftehe«, denn beide Seiten handelten einst nach der Volksweisheit: »Drum prüfe, wer sich ewig bindet, ob sich noch was Bessres findet«, und stellten fest, dass sich nichts Besseres fand. Deutsche hatten lange genug das Ausland mit Kettenfahrzeugen und Uniformen bereist und wollten nach der semiglorreichen Rückkehr eigentlich erst mal unter sich bleiben. Sie konnten natürlich nicht wissen, wie schnell das Ausland zu ihnen kommen würde. Hätten sie geahnt, wie lange der ausländische Besuch bleiben würde, sie hätten es sich garantiert drei Mal mit der Einladung überlegt. Zu ihrer Entschuldigung sollten wir erwähnen, dass sie die Einladung nicht freiwillig ausgesprochen haben. Sie waren einfach zu fleißig beim Wiederaufbau und zu vieles blieb liegen. Für einfache Tätigkeiten fanden sich nicht genug Leute, weil man sich während der Mission »Am deutschen Wesen soll die Welt genesen« selbst arg dezimiert hatte.

Ungelernte Kräfte mussten her, robuste, billige, die man nach getaner Arbeit wieder zurückschicken konnte. Da sich das Interesse bei Polen, Tschechen, Franzosen und Russen arg in Grenzen hielt, wurden mit anderen interessierten Ländern Abkommen geschlossen, Kontingente festgelegt, und die Arbeiter kamen reichlich, Italiener, Jugoslawen, Spanier, kurze Zeit später auch Türken. Sie kamen nicht aus Liebe, sondern aus Pragmatismus. Australien nahm auch Einwanderer auf, und man wusste zwar nicht ganz genau, wo der fünfte Kontinent lag, aber es sprach sich doch rum, dass alleine die Anreise ein halbes Leben dauerte. Dann lieber ein paar Tausend Kilometer Richtung Norden, zu den frisch geläuterten teutonischen Demokraten, würde schon gut gehen, schließlich waren die Amerikaner ja noch da. Ein paar Jahre dort schuften, genug Geld zur Seite legen, zurück in die Heimat und mit dem Ersparten eine neue Existenz aufbauen. So war der Plan. Deutsche und ausländische Arbeiter vereinbarten eine unausgesprochene temporäre Nichtbeziehung. Ausländer hatten physische Arbeitskraft, die deutsche Industrie die harte D-Mark. Mehr war an Einverständnis nicht nötig. Wozu auch? Jede Seite blieb unter sich. Die Arbeiter lebten in Siedlungen und Heimen, die praktischerweise gleich neben den Fabriken angelegt wurden. Einziger Ort der Begegnung zwischen Deutschen und Ausländern war der Arbeitsplatz und sollte es auch bleiben. Ganz geheuer waren die Schwarzköpfe vom Mittelmeer den Einheimischen nämlich nicht. Ein paar Jahre hielt der Nichtberührungspakt. Aber dann – völlig überraschend – kam alles anders. Nur wenige Arbeiter kehrten tatsächlich nach zwei, drei Jahren zurück, der überwältigende Rest blieb, weil es noch lange nicht reichte. Schließlich wollten Verwandte, Eltern in der Heimat versorgt werden, man wollte eine Wohnung oder ein Haus kaufen, wenn man schon im Akkord in der Fremde schuftete, ein Stück Land, einen Laden, am liebsten aber alles und einen Mercedes. Und die paar Zurückgekehrten bereuten fast ausnahmslos ihre Entscheidung, sie wurden von der eigenen Sippe und anderen Devisen witternden Freunden gerupft wie die Hühner und das Ersparte zerbröselte schneller als trockenes Brot zwischen den Fingern.

Aber alle Weiterschuftenden hatten schon lange genug von Nullsterneheimen und Kleinraumsiedlungen. Zu zweit, zu viert, manchmal sogar zu sechst eingepfercht in einem einzigen Raum mit Etagenbetten, einer gemeinschaftlichen Toilette für ein ganzes Stockwerk und natürlich keinem Badezimmer. Sie wollten endlich eine Wohnung haben und die Kinder nachholen. Im Jahresurlaub ging es in die Heimat, um zu erleben, wie der eigene Nachwuchs bei den Großeltern größer und größer wurde, während es mit der Rückkehr noch dauerte. Bei der Mehrheit dieser ersten Generation dauert sie bis heute. Schließlich holte man die Kinder zu sich, bevor sie gänzlich vergaßen, wer sie eigentlich gezeugt hatte. Erst in diesem Moment, als die Arbeiter aus den Siedlungen und Heimen in normale Wohnungen zogen, ihre Kinder nachholten und sich damit »das Bleiben« in der Fremde eingestanden, begann eigentlich die Geschichte von der deutsch-ausländischen Ehe. Und genau ab demselben Moment lief es in der Ehe auch irgendwie gründlich schief. Beide Seiten verhielten sich weiterhin so, als ob der alte Pakt noch gelten würde. Als Türke zog man dorthin, wo schon Türken wohnten, als Italiener zu Italienern. Ganz clevere Türken mieteten eine Dreizimmerwohnung, lebten mit Frau und drei Kindern in einem Zimmer und vermieteten die anderen beiden selbstlos an Landsleute. So zahlte sich die Miete von selbst und man tat auch noch ein gutes Werk. Forciert wurde diese Entwicklung von Städten und Kommunen, die Ausländern nur in bestimmten Vierteln Wohnungen gaben und somit selbst die viel zitierten »Gettos« anlegten, für die sie später völlig zu Recht gescholten wurden. Man blieb weiterhin unter sich, »parallel« lebten beide Seiten.

Bis Anfang der Achtzigerjahre änderte sich an dieser Situation nichts. Der Gastarbeiter war immer noch da, machte immer noch größtenteils die Drecksarbeit, fuhr einmal im

Jahr in die Heimat und vergrößerte beständig seine Familie. Aber die »einfache« Arbeit wurde weniger und weniger, die viel besungene goldene Ära des Aufschwungs dämmerte ihrem Ende entgegen, erste Firmen gingen pleite, Beschäftigte wurden entlassen, am heftigsten traf es die Gastarbeiter. Im Lande kippte die Stimmung, der Türke nahm dem Deutschen nämlich jetzt plötzlich die Arbeit weg, und wenn er keine Arbeit mehr hatte, belastete er die sozialen Systeme und lebte – wir kommen zu einem zeitlosen Klassiker des dumpfen Volksmundes – »von unseren Steuergeldern!«. Dass jeder Türke wie alle anderen Ausländer auch Steuern zahlte, Sozialabgaben entrichtete, störte die fachlich-objektive Einschätzung des kleinen Mannes keineswegs, diese ganzen Fremdländer lebten nun mal von deutschen Steuergeldern wie Mäuse im Schweizer Käse und vermehrten sich wie Schmeißfliegen! Mit Variationen dieser beiden brillanten Argumente –»Boot ist voll« und »Auf unsere Kosten« – gelang es dem CDU-Vorsitzenden Helmut Kohl drei Bundestagswahlen zu gewinnen. Alle vier Jahre drückte er auf den Rassismus-Knopf, prompt fühlten sich germanische Lemminge von Milliarden Ausländern umzingelt, ausgebeutet und machten brav ihr Kreuzchen beim Pfälzer Saumagen-Buddha.

Trotzdem kam es allmählich zu Vermischungen, weil sich Türken notgedrungen selbstständig machten, sie eröffneten Gemüse- oder Import-Export-Läden, später Dönerimbisse. Italiener waren die ersten ausländischen Gastronomen in Deutschland, auch Jugoslawen und Griechen eröffneten Restaurants. Langsam entstand eine Art Zusammenleben, wenn auch in kleinem Format. Mischehen zwischen deutschen Frauen und türkischen Männern verursachten keine handfesten Skandale mehr, die liebenden Übeltäter wurden nicht mehr gemobbt, nur noch ausgegrenzt, geschnitten.

Mussten nicht mehr offenen Rassismus ertragen, sondern Geschwätz und üble Nachrede. Stilbildend wirkten vor allem Paare im unteren Kultursegment. Dorfbewohner an der türkischen Schwarzmeerküste bekamen zum Beispiel junge, dauergewellte deutsche Frauen in Minijeansröcken, Trägertops und Stöckelschuhen zu sehen und waren sicher, dass alle deutschen Frauen so rumlaufen. Während ihre Prinzen hierzulande mit Lederjacke, Schnauzer und Vokuhilafrisur zum Prototyp des Türken wurden. Überhaupt war der Türke Hauptimageträger des Ausländischen. Ausländer hieß fast immer Türke, denn Italiener, Spanier, Griechen waren zwar nicht viel besser und aßen auch nicht weniger Knoblauch, waren aber immerhin Christen. Türken stellten die größte Minderheit und wurden von deutscher Seite mit mehreren Synonymen bedacht: Kümmel, Kümmeltürke, Kanake, Knoblauchfresser, Schwarzkopf, Muselmann, Messerstecher. Die Gemeinten schlugen mit ähnlich reflektierter Gesinnung zurück und nannten Deutsche: Gavur (Ungläubiger), Allahsiz (Gottloser), Kitapsiz (Buchloser), Domuz (Schwein) und Hackfresse (Hackfresse).

Trotz dieser lexikalischen Scharmützel entwickelte sich das Zusammenleben zumindest in Großstädten wie Hamburg, Berlin und Köln weiter. Ein nicht unwichtiges Detail wirkte dabei förderlich: Nachdem die deutschen Reiseweltmeister Spanien touristisch abgegrast und indirekt zubetoniert hatten, entdeckten sie Anfang der Neunzigerjahre die Türkei als Urlaubsland. Dort gab es genauso viel Strand und Sonne, und alles war viel billiger, noch nicht zubetoniert und Türken noch dankbar. Auf jeden Fall in den ersten Jahren. Was bis dahin nur deutschen Türkei-Insidern bekannt war, wurde jetzt durch Pauschalkulturaustausch Allgemeingut: die legendäre Gastfreundschaft der Türken. Ganze krebsrot gebrannte, übergewichtige deutsche Rentnerkolonnen schwärmten nun davon: Mann, war der Türke gastfreundlich, selbst ohne Gegenleistung! Hätte man so gar nicht gedacht! Vielleicht war der Türke daheim ja genauso? Zumindest sah man den Dönermann um die Ecke, den Schwarzkopf im Taxi, den Gemüsetürken in freundlicherem Licht. Multikulti wurde chic, eine Generation von Sozialpädagoginnen, Lehrerinnen, Sozialarbeiterinnen und engagierten linksalternativen Frauen färbte die Haare hennarot und stürzte sich kollektiv auf die total lieb gewonnenen Mitbürger. Sie waren jetzt grundsätzlich dufte und gut. Jeder mit dunklem Teint ausgestattete Levantiner versprach mehr Temperament, Leidenschaft, Herzlichkeit und Abenteuer als der einheimische blassblonde Stubenhocker mit dem inneren Feuer einer Riesenschildkröte. Als Ausländer hattest du damals automatisch einen Bonus, lieber Reisender, du konntest nicht viel falsch machen: »Ach du bist Druse? Das ist ja super, klingt voll spannend, erzähl doch mal bitte! Ich bin ja nur ... Deutsche ...« Orientalische Frauen waren automatisch Opfer, mussten beschützt, gefördert, gehätschelt werden, immer und bei allem. Männer waren zwar Machos, Chauvinisten und oft faule Säcke im zwanzigsten Semester Politikwissenschaften, aber auch ein Stück weit Opfer deutscher Diskriminierung und patriarchalischer Strukturen in den Familien. Traumatisiert in der Kindheit durch Beschneidung und andere tribale Initiationsriten. Auch ihn konnte die orientaffine Dame mit Heirat und Zuwendung retten. Unbegrenzte Aufenthaltsgenehmigung und Sozialhilfe waren marginale Begleiterscheinungen der Eheschließung, die der von Kismet, marxistischen Studien und Ausländerbehörde gebeutelte Märtyrer mit Palästinensertuch gnädig hinnahm.

Im Laufe dieser unbeschwerten Henna-Ära voller Begegnungen auf sämtlichen Ebenen, Kulturfesten, Bauchtanzkursen und bikulturellen Flohmärkten änderten Deutsche auch ihre Bezeichnung für die lieben Fremdländer aus dem Süden.

Angekommen als »Gastarbeiter«, wurden sie zu »Ausländern«, später zu »Mitbürgern«, dann tatsächlich zu »Menschen«, allerdings mit »Migrationshintergrund«, und schließlich zu »Muslimen«. Über eine besonders extravagante Benennung durften sich ausländische Abiturienten freuen, sie liefen unter: »Bildungsinländer«. Zu einfachen Bürgern werden sie alle wohl nicht mehr werden. Womit wir in der ungefähren Gegenwart angekommen wären, denn die Anschläge des 11. September 2001 beendeten auf krasse Weise die multikulturelle Glückseligkeit. Als kurze Zeit später herauskam, dass führende Akteure der Attentate arabisch-bürgerliche Studenten einer Hamburger Universität waren, stand das Entsetzen den Politiker mit einem breiten Edding ins Gesicht geschrieben, und plötzlich waren Ausländer nicht mehr Türken, Bosnier, Araber und Perser, sondern alle zusammen nur noch »Muslime«. Während die anderen weiterhin unter ethnischen Namen wie Spanier, Italiener, Griechen firmierten.

Eine neue Bresche wurde in die deutsche Gesellschaft geschlagen: Auf der einen Seite standen jetzt Christen, auf der anderen Muslime. Brutal geweckt vom sicherheitspolitischen Dornröschenschlaf schauten Staatsorgane wie Polizei und Verfassungsschutz bei Kulturvereinen und Moscheen genauer hin und stellten erstaunt fest, dass maßgebliche Führungsfiguren und Prediger der organisierten Muslime Brüder im Geiste der Attentäter waren, von der Kanzel nicht Demokratie und Gleichberechtigung predigten, dafür aber begeistert Scharia und den Gottesstaat im »Haus des Krieges«. Und wie organisiert sie waren: Sie pflegten Kontakte zu international agierenden islamistischen Gruppen, hatten Verbindungen zu Ausbildungscamps für Terroristen und wahhabitischen Sponsoren. Wie konnte das sein? Man hatte es doch so gut gemeint und das Moscheevolk in Ruhe vor sich hin wurschteln lassen. Sie waren also doch undankbar.

Manchmal ist Gott gerecht und bestraft Sünden umgehend. Bis dahin hatten nämlich Schariafans unter dem Deckmantel des Vereinsrechts ein wunderbar sorgenfreies Leben, konnten ungehindert gegen die USA, die Türkei und andere blasphemische Staaten wettern und gottgefälligen Geschäften nachgehen: Sie sammelten beim Freitagsgebet und auch sonst zu sämtlichen Anlässen eifrig Spenden für arme, geknechtete muslimische Brüder in Bosnien, Palästina und anderen Ecken der Welt. Für Moscheebauten, religiöse Erbauungsliteratur, Brunnen, Koranschulen. Dass der größte Teil der Almosen niemals bei den darbenden Mitmuslimen ankam, sondern gewinnbringend in Aktien und Unternehmen angelegt wurde, störte die freiwillig bis unfreiwilligen Spender nicht besonders, immerhin sprachen ja die Sammler das ehrfürchtige »Bismillah!« (Im Namen Gottes), bevor sie das Geld einsackten. Außerdem waren die gottlosen Laizisten und Linken auch nicht viel besser. In puncto Effektivität und missionarischem Eifer können Zeugen Jehovas, PKK, Scientologen und die Mafia eine Menge von Allahs Drückerkolonnen lernen. Der deutsche Staat schaute diesem Treiben in der Regel tatenlos zu, war nicht seine Sache, betraf ihn nicht. Und wenn die türkische Regierung mal wieder mit einem Auslieferungsantrag für einen selbst ernannten deutschtürkischen Kalifen wegen diverser Straftaten vorstellig wurde, durfte sie sich einen ausführlichen Vortrag über westeuropäische Menschenrechte, deutsche Religionsfreiheit, türkische Rückständigkeit, anatolische Folterknechte anhören.

So konnte man die Türken wunderbar abwatschen und ihnen deutlich vor Augen führen, wie viele Jahrzehnte sie noch von einem EU-Beitritt entfernt waren. Deutschland würde doch niemals wegen angeblicher Vorwürfe jemanden an einen Dritte-Welt-Staat ausliefern. Nicht mal einen vollbärtigen Türken mit Übergewicht, drei Frauen und deutschem Pass. Menschenrechte, Meinungsfreiheit und abendländische Werte wurden von deutschen Politikern wie Augäpfel gehütet, bis eben der 11. September 2001 kam. Was jedem Freitagsgebetbesucher lange bekannt war, wurde zur schockierenden Offenbarung für Sicherheitsbehörden. Hektisch stellten sie Islamwissenschaftler ein, warben V-Männer im islamistischen Milieu an, und jeder Halbexperte, der einen arabischen Namen unfallfrei aussprechen konnte, fand einen Job. Das Land wimmelte nur so von »Terrorexperten«, die schon immer von »Schläfern« und anderen narkoleptischen Turbankillern gewusst hatten. Plötzlich konnten Kalifen, »Hassprediger« und andere islamistische Maden im deutschen Speck flott ausgeliefert werden. Was ganz bestimmt an den bahnbrechenden Fortschritten des türkischen Justizsystems lag und nicht an der Biegsamkeit des deutschen Rechts. Menschenrechte waren schön und gut, aber noch besser war es, wenn man solche finsteren Gestalten schnell loswurde.

Tatsächlich kann man behaupten, dass seit den Anschlägen des 11. September nichts mehr so ist, wie es einmal war, selbst im bis dahin beschaulichen Deutschland. Politiker entfachten einen sagenhaften populistischen Aktionismus, um die verschreckte, ängstliche Volksseele irgendwie zu beruhigen, und bis heute jagt eine Kulturclash-Debatte die nächste. In den kakofonischen Eintopf schmeißt jeder halbgebildete Trottel seine Zutat hinein und monatelang köcheln auf beständiger Flamme Ingredienzien wie: »Islamische Welt, Integration, Demokratie, Zwangsehe, Abendland, Blutrache, Christentum, Kopftuch, Parallelgesellschaft, Aufklärung, Hassprediger, Kulturkampf, unsere Werte, eure Tradition, Gottesstaat, Verfassung«. Ein paar Resultate dieser hysterischen wie sinnlosen Debatten lassen sich dennoch destillieren: Der Muselmann soll Deutsch lernen, verfassungstreue Gesinnung nachweisen, nicht mehr parallel leben, seinen Sohn nicht auf Bildungsreise nach Pakistan schicken, sich integrieren, Schlagermusik lauschen, Frau und Kinder nicht mehr so oft schlagen und die »Bild« lesen. Er verfügt jetzt über ein breites Angebot an Integrationskursen mit Themenschwerpunkten wie »Von Eisbein bis Einstein – Best of deutscher Kultur« oder »Mozart und seine Kugeln – Freudenschüsse der Klassik« und einen speziell auf seinen kulturellen Hintergrund abgestimmten Einbürgerungstest.

Er darf zum Beispiel auf die Frage, was er denn tun würde, wenn er von einem geplanten islamistischen Bombenanschlag in der Nachbarschaft wüsste, folgende mögliche Antworten ankreuzen:

A: Ich würde mich freuen, dass ein paar Gottlose mehr dran glauben müssen.

B: Ist nicht mein Problem.

C: Ich würde sofort die Polizei verständigen.

D: Das sind doch gute Jungs, die meinen das bestimmt nicht böse.

Bei der Frage, was das Wort »Holocaust« bezeichnet, darf der Fremdländer unter folgenden Antworten auswählen:

A: Ist eine amerikanische Serie.

B: Eine Erfindung der Zionisten.

C: Gerechte Strafe für diese Geldhaie.

D: Echt krasser Massenmord an den Juden im Dritten Reich.

Und auf die Frage, was er von Gleichberechtigung zwischen Mann und Frau hält, stehen ihm folgende kryptisch-hinterhältige Möglichkeiten zur Auswahl:

A: Eine Frau muss einem Mann gehören.

B: Mann ist immer Chef, Frau muss gehorchen.

C: Dort, wo ein Mann hinschlägt, wachsen Rosen.

D: Braucht meine Frau nicht.

Natürlich darf die obligatorische Frage, wie er denn zur Homosexualität steht, nicht fehlen. Auch hier wird er mittels raffiniert gestrickter Antworten auf Herz und Hirn überprüft:

A: Die Armen, leiden an einer ganz schlimmen Krankheit.

B: Ein wahrer Muslim ist niemals schwul.

C: Sind ja auch Menschen.

D: Ich kenne nur schwule Esel.

Brillant sieht der Staat auf diese Weise alle chauvinistischen, patriarchalischen, islamistischen und reaktionären Ausländer aus, die ihm sowieso mit Hartz IV auf der Tasche liegen würden. Mit dem labyrinthischen Einbürgerungsprozedere von Muslimen ist es wie mit dem Jurastudium: Sehr viele fangen an, sehr wenige kommen durch. Ist auch besser, wenn der deutsche Volkskörper deutsch bleibt, schließlich gelten hier noch Blut-und-Boden-Gesetze aus einem anderen Jahrhundert. Darum ist es nur folgerichtig, dass ein kasachischer Bauer aus dem hintersten Asien den deutschen Pass hinterhergeschmissen bekommt, wenn er noch Spurenelemente von deutschem Blut in seinen Adern nachweisen kann. Wenn zum Beispiel seine Uroma mütterlicherseits von einem Wehrmachtsoldaten geknutscht wurde oder der Großonkel die erste Strophe des Deutschlandlids auswendig konnte. Er muss auch keinen Gesinnungstest ablegen oder nachweisen, dass er mit seinem Gehalt eine Großfamilie ernähren kann. Wozu auch? Schließlich verfügt er trotz siebzigjähriger Sowjetdiktatur und zwanzig Jahren Postkommunismus über eine freiheitlich-demokratische Grundgesinnung, findet gleichgeschlechtliche Liebe und USA toll, ist hoch qualifiziert und sein elaboriertes Deutsch gereicht so manchem Germanisten zur Ehre. Er ist all das, er kann all das, er ist nun mal Blutsdeutscher.

Du wirst eine derartig unterschiedliche Behandlung von Fremden nicht besonders ungerecht finden, in unseren Ländern gehen wir mit Ausländern genauso sensibel um. Abgesehen von der Tatsache, dass kaum ein Nordeuropäer erpicht darauf ist, die algerische, sudanesische, iranische oder syrische Staatsbürgerschaft zu erlangen, passen die Rechte, die wir Ausländern in unseren Gefilden gewähren, auf eine Mokkauntertasse. Grundsätzlich dürfen sie weder Besitz erwerben noch neue Gotteshäuser bauen. Unserer Bürokratie bereitet es diebisches Vergnügen, sie mit allen möglichen extrem rechtsstaatlichen Hürden zu schikanieren, jeder Gang zur Visaverlängerung braucht mindestens vier vergebliche Anläufe, denn manche aufenthaltsrelevanten Papiere fehlen dem orientalischen Aktenprofessor immer, und selbst wenn der Fremde alle Belege tatsächlich dabeihat, ist der zuständige Büropascha gerade beim Gebet oder in einer wichtigen Backgammonsitzung. Und wenn es ihm tatsächlich gelingt, dem Herrn der Stempelgalerie gegenüberzustehen, darf er sich mit einem »Mumkin bukra« (Komm morgen wieder) vertrösten lassen. Wehe, der Ausländer beschwert sich oder fordert mehr Rechte, dann kann er gleich seine Siebensachen packen, in die Heimat verschwinden und froh sein, wenn er das Amt prügelfrei verlassen kann.

Deutsche haben zwar lange Zeit mit derselben Parole hantiert: »Wenns euch hier nicht passt, könnt ihr ja gehen«, aber trotz aller akuten Probleme mit renitenten Muselfrauen und Muselmännern, afrikanischen Asylanten, albanischen Geschäftsleuten änderten sie ihre Haltung. Sie denken vielleicht immer noch so, aber sie sprechen es nicht mehr offen aus, denn sie sind erste Betroffene des Artensterbens und brauchen Ausländer. Wer sonst soll ihre Rente bezahlen? Und für eine sichere Rente sind Deutsche bereit, fast alle Kröten zu schlucken, selbst ausländische. Vorher haben sie es nach amerikanischem Vorbild mit Greencards versucht, Deutschland sollte die neue Endstation für Superfachkräfte aus aller Welt werden, in Massen sollten sie einströmen, die Rentenkassen füllen, das Bruttoinlandsprodukt in ungeahnte Höhen treiben, also schickte Deutschland ein verlockendes Angebot nach Asien: Der IT-Inder durfte hier arbeiten, wenn sein zukünftiger Arbeitgeber glaubwürdig nachwies, dass es keinen arbeitslosen Deutschen auf dem Planeten mit gleicher Qualifikation gab. Er bekam dann eine befristete Aufenthaltsgenehmigung, durfte einreisen, hier arbeiten und sich sogar eine Wohnung nehmen, aber Frau und Kinder sollten schön zu Hause bleiben. Bei großer Sehnsucht konnte er ja mit der Heimat chatten oder mailen. Unerklärlicherweise lehnten IT-Inder und Ingenieur-Indonesen dankend ab, sie gingen weiterhin lieber nach Australien, Kanada oder in die USA. Bis heute sind Deutsche darüber traurig und betroffen, können nicht verstehen, wie man eine derart exquisite Einladung ins teutonische Paradies ablehnen kann. Notgedrungen ruhen ihre Rentenhoffnungen nun auf einheimischen Schwarzköpfen, den akademischen Gemüse-, Export-, Import-, Döner- und Reinigungsexperten.

So weit sind sie immerhin gekommen, sie haben sich mit Ausländern im eigenen Land abgefunden, zwar wehren sich Politiker mit Händen und Füßen gegen die Tatsache, dass dieses Land schon längst ein Einwanderungsland ist, aber die Mehrheit ist sich dessen bewusst. Die Fremden sind nicht mehr ganz fremd und werden bleiben. Besonders deutsche Konservative und ihre rechten Brüder hätten gerne verhindert, was zumindest in den größeren Städten zwischen

Deutschen und Ausländern passiert ist: Das Zusammenleben ist zu einer Selbstverständlichkeit geworden. Nur in den neuen Bundesländern gibt es größere ausländerfreie Landstreifen, und bis auf einige Masochisten möchte sich kein Ausländer in »national befreiten Zonen« niederlassen, also arbeiten in Dönerimbissen und amerikanischen Fast-Food-Ketten durchgehend Deutsche, was ein besonders lustiger Widerspruch in sich ist: Deutsche essen dort deutschen Döner aus Schweinefleisch. Das Problem mit den inzestuösen »Volksdeutschen« dieser Gegenden wird sich ebenfalls bald biologisch erledigen, denn jede fruchtbare Frau mit Sinn, Verstand und Ehrgeiz geht in den Westen oder zumindest nach Leipzig oder Dresden. Zurück bleiben Männer von ultrarechtem Gemüt, arbeitslos und so demokratisch gesinnt wie Mullahs im Iran.

Kaum einem Politiker gelingt es auch noch, mit rassistischen Parolen und Ressentiments Wahlen zu gewinnen. Zuletzt hat es der aknegesichtige Ministerpräsident Hessens und Ziehsohn Helmut Kohls zum zweiten Mal versucht. Er wollte sein armes Bundesland vor Millionen von kriminellen ausländischen Jugendlichen schützen und alles ausweisen, was unter fünfundzwanzig, männlich und ausländisch ist. Aber der brutal heuchlerische Demagoge ist von den Bürgerinnen und Bürgern an der Wahlurne mit brutalstmöglicher Ehrlichkeit abgestraft worden. »Ausländer raus!« als hauptsächliches Wahlprogramm war ihnen angesichts elementarer Probleme dann doch zu wenig.

Nach bald fünfzig Jahren Migration lebt es sich als Ausländer ganz passabel in diesem Land, liebe Reisende, auch wenn vieles noch im Argen liegt. Immer noch haben Menschen mit ausländischen Namen Schwierigkeiten, auf dem freien Markt eine Wohnung zu finden, werden ohne Verschulden aus Autoversicherungen geschmissen, weil sie zum Beispiel als Türken automatisch zur Risikogruppe gehören, also die Versicherungskonzerne mehr kosten als sie ihnen einbringen. Und natürlich bescheißt jeder Türke mit fingierten Unfällen, geklauten Autoradios und angeblichen Diebstählen. Er hat zwar kein deutsches Blut, dafür liegt ihm der Betrug im Blut. Niemand weiß das besser als ein deutscher Versicherungsstatistiker.

Auch von traditionellen Freunden muss man immer noch einiges ertragen. Hierzulande gibt es nämlich auch Rassisten mit linksliberaler Gesinnung. So ein weltoffenes Exemplar würde das vehement bestreiten und wäre über den bösen Vorwurf echt betroffen, weil er doch Ausländer so lieb hat, Schwarze wegen ihrer tollen Haut mag und Anhänger der Sozialistischen Internationale ist, aber lass ihn bei einem guten Glas Wein reden, lass dir von ihm Gott und die Welt erklären – was er am liebsten tut – und schnell wirst du merken, welche abenteuerlichen Bilder durch seinen Chardonnay-benebelten Kopf schwirren. Mit allen selbst gebastelten Ausländerstereotypen kommt er klar, mit dem wütenden, aggressiven Jugendlichen aus dem Getto, der ihn grundsätzlich als Nazi beschimpft, denn damit nährt er seinen Selbsthass. Mit dem weiblichen Berufsopfer von Blutrache und Ehre, denn bei ihr kann er sein Helfersyndrom ausleben. Auch mit der überemanzipierten jungen Vorzeigetürkin, die zwar nicht viel kann, dafür aber so nett aussieht und viel und sinnlos kichert, kommt er wunderbar zurecht, denn an ihr kann er sich sabbernd ergötzen, ihr zeigen, wo es langgeht. Nur mit einem normalen Ausländer kommt er überhaupt nicht klar. Mit einem Schwarzkopf, den dieselben Sorgen und Nöte wie jeden anderen Menschen auf der Welt umtreiben. Der ist ihm zutiefst suspekt. Aber das Bemühen um Verständigung mag man ihm nicht absprechen. Er meint es gut, wie manche Politiker, die zum Beispiel den Bau von riesigen Moscheen genehmigen und damit ein Zeichen des Miteinanders setzen wollen. Aber übersehen, dass die Mehrheit der Orientalen in diesem Land weder besonders religiös ist noch sich über den Glauben definiert. Sondern über Herkunft, Ethnie. Und sich über die eigene Arbeitssituation, die Zukunft des Nachwuchses Sorgen macht, über fehlende Deutschkurse, Benachteiligungen vieler Art, aber mit Sicherheit nicht über einen überdimensionierten Gebetsraum, der hauptsächlich von einer religiös-konservativen Minderheit benutzt werden wird. Ähnlich sinnvoll ist die »Islam-Konferenz«, die der Innenminister beizeiten abhält. Teilnehmer sind Vertreter islamischer Organisationen und einige bekanntere Figuren mit »Migrationshintergrund«. Irgendwie wollen sie den Islam modernisieren, ihn verfassungskompatibel machen, Islamunterricht an deutschen Schulen anbieten, um identitätsstiftend auf die kleinen Ausländerlein einzuwirken. Was natürlich total praktisch ist, wenn der deutsche Staat seine kleinen Muslime gleich selbst züchtet. Dass sozial benachteiligte Ausländerkinder mehr denn je Deutschkurse und Förderung in einzelnen Schulfächern brauchen, weil sie sonst später kaum Chancen auf dem Arbeitsmarkt haben und von einem Studium nur träumen können, tut nichts zur Sache. Hauptsache, sie lernen die fünf Grundpfeiler des Islams und hören putzige Anekdoten über den Propheten. Berufsvorbereitung at its best!

Einiges wird sich wohl nie ändern. Noch in fünfzig Jahren werden deutsche TV-Sender über Naturkatastrophen, Anschläge, Flugzeugabstürze berichten. Sie werden die Zahl der geschätzten Opfer nennen und die Nachricht mit dem gewohnten »Deutsche waren nicht drunter« beenden und nicht merken, was an diesem obligatorischen Schlusssatz taktlos ist. Etwas sollte man den Deutschen aber zugutehalten: Vierzig Jahre lang haben Ausländer ihre Drecksarbeit gemacht, sich dabei die Gesundheit ruiniert und dafür von keinem einzigen wichtigen Repräsentanten dieses Staates Worte der Anerkennung oder Würdigung gehört, denn als Menschen waren sie den Deutschen vollkommen egal. Jetzt sind sie es nicht mehr. Und wer weiß, eines fernen Tages wird aus der Vernunftehe vielleicht doch noch Liebe werden.

Gott zum Yoga –
Lebensmittelpunkt
Fitness-Lounge

Du besuchst ein schönes Land, lieber Ayran-Algerier, dich erwarten lauter schöne Halteverbote, individuell gestaltete Einkaufspassagen, praktische Parkhäuser, wohlerzogene Hunde und Kinder, und vor allem lauter schöne Menschen. Zumindest die »bewusst« lebenden Exemplare mit Grundbildung und etwas mehr Geld als die Mehrheit sehen ausgesprochen blendend aus. Sie verwenden nämlich einen großen Teil ihrer Lebenszeit auf die Pflege des Äußeren und Inneren. Ja, liebe Touristin aus heimatlichen Regionen, du kannst dir einige Wellnessbrocken von Deutschen abschneiden, denn sie setzen nicht nur Rasenmäher und Autos regelmäßig instand, sondern auch ihre Körper. Mit phänomenalem Erfolg, wie du sehen wirst. Obwohl die Gesellschaft statistisch unaufhaltsam altert, wie du mehrfach erfahren hast, wirst du davon auf den Straßen nicht viel sehen. Dank ausgeklügelter Methoden, die natürlich alle wissenschaftlich fundiert sind, werden Deutsche ganz im Gegenteil jünger und jünger. Und ein Ende der Verjüngung ist noch nicht abzusehen.

Regelmäßig betreibt der begüterte Deutsche im mittleren Alter Sport, trainiert jeden einzelnen Muskel seines Körpers wie ein Zehnkämpfer, trinkt isotonische Getränke, kontrolliert permanent den Fettgehalt seines Körpers. Abwechslungsreiche Ernährung ist ihm selbstverständlich heilig. Er trägt modische Sneakers, enge T-Shirts und Jeans, auch wenn er hart auf die sechzig zugeht, und lebt prinzipiell proaktiv. Er teilt den Tag in Zeitfenster ein, und jedes noch so kleine Fenster wird zu sinnvollen Tätigkeiten genutzt. Um alle seine Aktivitäten in einen Tag pressen zu können, benutzt er wahlweise ein Blackberry oder iPhone. GPS-gestützt und mit Wireless LAN verkürzt er sukzessive seine Schlafenszeit, denn er hat in der *Men's Health* (Zeitschrift für Männer mit lebenslanger Sehnsucht nach »Sixpacks« und Casanovamäßiger Dauererektion) gelesen, dass der Mensch höchstens eine Ruhephase von fünf Stunden braucht, was schon der große Napoleon wusste und so trefflich formuliert hat: »Vier Stunden schläft der Mann, fünf die Frau, und sechs ein Idiot.« Und ein Idiot ist er auf keinen Fall, sein Leben ist Leistungssport, ablesbar in Zahlen, Fakten: Er kann immer genau sagen, wie viele Kilometer er auf dem Laufband runtergelaufen, wie viel Eisen er gestemmt, wie oft er den »Stepper« getreten und wie viel Pfund Körperfett er verbrannt hat. Er weiß genau, wie lange sein längster Sex dauerte, welch stattliche Anzahl von Frauen er schon flachgelegt hat und welche Ziffer seine amourösen Quartalszahlen am Ende des Jahres ausweisen sollen. Das Dasein ist Arbeit, Wille, der Körper eine Maschine, die man pflegen, reparieren und tunen kann, zu jeder Zeit, in jedem Alter. Wo ein Wille zur Verbesserung relevanter Leistungsdaten wie Golfhandicap, Orgasmushäufigkeit oder Bizepsumfang ist, da ist auch immer ein Weg. Du solltest ihn aber nicht auf seinen Astralbody reduzieren, er ist für unsere Verhältnisse ziemlich belesen und hat sich mit der Zeit eine eigene Lebensmaxime zurechtgebastelt. Dafür hat er fernöstliche Yin & Yang-Weisheiten und einige Prisen Buddhismus mit Machiavellis Leitfaden für Herrscher und Sun Tzus *Die Kunst des Krieges* gekreuzt und daraus eine harmonische Lebensphilosophie destilliert, die ihn jederzeit aus kniffligen Alltagssituationen retten kann. Sein absoluter Lieblingsfilm ist »Pulp Fiction«. Er duscht täglich und trägt aus Prinzip eine rasierte Brust.

Wie unsportlich, nun ja, wie pummelig wirkt dagegen Allahs Schattengewächs auf Erden. Körperlich betätigt hat er sich das letzte Mal als Mittelschüler. Er war gefürchteter Fußballtorwart der Straßenmannschaft und stand meistens richtig. Seit der Heirat legt sein Bauch Jahresringe an und sein überschaubarer Bewegungsdrang führt ihn von der Wohnung im ersten Stock die Treppen runter in den Laden, zum Chefsessel. Von dort aus delegiert, dirigiert er seine Geschäfte und überlässt die Durchführung den fünf wuseligen Gehilfen. Als Chef trägt er schwer an der Verantwortung, wie ihm die Waage regelmäßig bestätigt, schließlich hängen an seinem Laden viele hungrige Mäuler. Zu besonderen Anlässen, wenn er zur Bank muss oder ihn Geschäftsfreunde zum Essen einladen, bewegt er sich behände vom Chefsessel in die Limousine, die immer direkt vor der Ladentür zu stehen hat. Überhaupt legt er alle Strecken ab fünfzig Metern mit dem Wagen zurück, und gäbe es ein Miniaturautomobil, würde er damit auch vom geräumigen Wohnzimmer durch den langen Flur zur Toilette fahren.

Sein Wellnessprogramm besteht aus dem sonntäglichen Bad, wenn die Ehefrau seinen Rücken mit einem Luffaschwamm abschrubbt, und dem wöchentlichen Friseurbesuch. Der Barbier darf ihn rasieren, die borstigen Haare aus der Nase schneiden und aus den Ohren brennen. Zur Abkühlung klatscht er dem Chefkunden schließlich einen halben Liter bestes Kölnisch Wasser ins Gesicht und entlässt ihn mit einer riesigen Chefduftwolke um das stolze Haupt. Von Mode, Kleidung hat er keine Ahnung, er trägt, was seine Frau ihm jeden Morgen auf die Kommode legt. Sie könnte ihm monatelang dieselbe Unterwäsche hinlegen, er würde es nicht bemerken. Aber eines ist ihm wichtig, von der Unterhose bis zur Jacke muss alles gebügelt sein. Nicht nur Geld, Gold und Besitz zeichnen den Mann von Welt aus, sondern auch die Bügelfalte. Weil er geschäftlich so eingespannt und gestresst ist, muss er mindestens vier Mal am Tag essen. Fleisch, Reis, Brot und Baklawa und manchmal auch gerne Geflügel, Linsen, Fladenbrot und Süßteig. Sein einziges Leistungsprinzip ist der Umsatz in der Kasse, die Höhe der gestapelten Geldscheine, nichts anderes. Niemals würde er sich die Brust rasieren, niemals! Er ist ein geachteter Geschäftsmann, herrscht über fünf Arbeiter, zwei Hilfsarbeiter, vier Kinder und eine Frau, er ist Chef, nicht schwul.

Ob er mit einem derart testosterongetränkten Persönlichkeitsprofil Chancen bei einer dynamisch selbstbewussten deutschen Frau hätte, lässt sich bezweifeln. Sie steht nämlich nicht auf Chefs und Untergebene, Befehl und Gehorsam, sondern auf flache Hierarchien und den selbstmotivierten sensitiven männlichen Typ, der auch weibliche Züge hat. Ihr Fitnessprogramm ist mindestens so umfangreich wie das ihres männlichen Pendants, weil ihr lebenslanger tapferer Kampf gegen Problemzonen erhebliches Engagement und Disziplin erfordert. Sie wiegt bei stattlicher Größe keine sechzig Kilo und ihr Dekolleté gibt unter gespannter Haut die Schlüsselbeine frei, aber sie fühlt sich immer noch viel zu dick und bezeichnet sich selbst spaßeshalber gerne als »Walross«, wenn sie im Fitnessstudio mit Gleichgesinnten den Pilateskurs für Fortgeschrittene absolviert. Schließlich wiegen ihre Freundinnen noch weniger. Kinder und Familie sind ihr total wichtig, aber sie möchte schon gerne selbst den Zeitpunkt dafür bestimmen. Und wenn es erst mit Anfang vierzig klappt, wäre es auch irgendwie okay, bis dahin hat sie sicherlich schon den passenden Traummann gefunden, der mit ihr gemeinsam »nach den Sternen greifen will«, dabei aber »auf dem Boden bleibt«. Vorher möchte sie noch total viel erleben, unterschiedliche Menschen kennenlernen, viele Länder bereisen, sich beruflich weiterentwickeln und ganz viele Latte macchiatos mit ganz vielen guten Freundinnen trinken. Ihr sportliches Kursprogramm, bestehend aus diversen Yoga-, Strech-, Pilates- und Jazzdancekursen, wird selbstverständlich weiterlaufen. Sie liest die *Brigitte* und ist für jede saisonale Diät, die das Heft preist, dankbar. Sie lebt zwar in ihrem Körper, aber eigentlich steht sie im ständigen Kampf gegen ihn. Fortwährend wird sie von Cellulitis, Speckbauch, Reiterhosen und Hängebusen bedroht. Wenn sie nicht höllisch auf der Hut ist und sich gehen lässt, kann sie ganz schnell die Kontrolle verlieren und wie Bridget Jones enden. Schokolade, Kuchen, Fleisch und Fast Food sind das blanke Verderben und nur alle paar Monate erliegt sie der Versuchung, stürzt sich wild und leidenschaftlich auf eine Tafel Schokolade. Nach fünfminütigem orgiastischem Gefühl von Genuss, Lust und Völlerei setzt aber wieder Scham über diese »Dummheit« ein, und die nächsten Tage sind mit stundenlangen Übungen in der Fitness-Lounge verplant.

Ihre Götzin am Diätenhimmel ist Madonna, die Königin aller sadomasochistisch veranlagten Frauen mit Kontrollmanie. Sieht mit fünfzig blendend aus, weil sie ihren Körper angeblich mit einem Fitnessprogramm traktiert, das jedem Ironman zur Ehre gereichen würde. Nur Madonna-Hasser unterstellen den unterstützenden Einsatz der einen oder anderen Botoxspritze zur Straffung von Stirn, Bauch und Po. Ansonsten und grundsätzlich aber zeigt sie ja, was möglich ist, wenn man superhart an sich arbeitet und kulinarischen Verlockungen entsagt. Wie ihr Vorbild Madonna würde die figurbewusste Deutsche niemals einfach unreflektiert in den Tag hinein essen. Hauptanker ihres Ernährungsprogramms ist der gemischte Salat mit einem Hauch von Dressing. Macht zwar nicht satt, schmeckt fad, hinterlässt aber garantiert keine Kalorien im gestählten Körper. Dazu gönnt sie sich einen extrem fettarmen Joghurt am Tag und ein, zwei Scheiben Vollkornbrot mit Magerquark. Das muss in der Regel genügen. Fettarm ist nicht nur ihre Ernährung, man könnte ihr ganzes Leben als fettarm bezeichnen.

Wir könnten einer Orientalin vieles vorwerfen, aber sicherlich nicht eine fettarme Existenz. Was Körper und Ernährung betrifft, teilt sich ihr Leben grob in zwei Phasen ein: vor und nach der Heirat. Schon als Kind von zwölf, dreizehn Jahren lernt sie kochen und ist in der Lage – ganz im Gegensatz zu ihren Brüdern –, den gesamten Haushalt zu schmeißen. Sie isst und kocht, was ihre Mutter isst und kocht, nur kleinere Portionen. Bis zur Pubertät genießt sie ein einigermaßen sorgenfreies Leben, auch wenn sie nicht annähernd dieselben Freiheiten wie ihre männlichen Geschwister genießt. Wild, vorlaut, frech dürfen Jungs sein, sie darf vor allem »vernünftig« sein, muss wissen, welche »Dummheiten« man nicht macht. Sie kann zwar draußen spielen und tollen, sobald sie aber in die Pubertät kommt, wird ihr Bewegungsdrang von Jahr zu Jahr weniger und kommt spätestens nach der Heirat komplett zum Erliegen. Denn ab der Geschlechtsreife ist sie ständig gefährdet durch Lustmolche, Triebtäter und Verführer, die ihr an die Wäsche wollen. Nun muss sie ständig überwacht werden, von Eltern, Brüdern, Verwandten und wohlmeinenden Nachbarn, die hilfsbereit einen Blick mit darauf werfen. Sie darf sich ausgiebig im Haushalt betätigen, Verwandte besuchen und immerhin am Sportunterricht in der Schule teilnehmen, auch wenn Ballspiele, Leichtathletik und Gymnastik eigentlich nichts für brave Mädchen sind, Nähen, Stricken, Kochen, Putzen aber schon. Schließlich sind das die notwendigen Schlüsselqualifikationen, um auf dem Heiratsmarkt eine gute Partie zu machen, und bestimmt nicht, wie schnell sie hundert Meter laufen oder wie weit sie einen Ball werfen kann. Außerdem sieht das extrem unzüchtig aus, wenn jedermann den wachsenden Busen unter dem Pullover erahnt. Wegen der guten Partie besteht ihr »Ernährungsprogramm« auch aus einer einfachen Regel: Sie isst tapfer immer weniger, als sie eigentlich möchte, sonst würde sie wie Hefe auseinandergehen und ihre Chancen auf einen vorzeigbaren Bräutigam erheblich mindern. Ein männlicher Heiratsaspirant kann gerne untersetzt, dicklich, unschön sein, darf sogar schlechte Zähne haben, macht alles nichts, er ist ein Mann. Aber eine Braut muss vernünftig sein, klug, respektvoll, demütig und schlank und rank, zumindest bis zur Heirat, bis sie eine »Frau« wird. Sie ist Hauptträgerin der stets bedrohten Familienehre, ihr Bruder hingegen ist Träger des unverwüstlichen Stolzes. Wenn die Eltern endlich den Richtigen für sie gefunden haben oder der Bräutigam oder seine Eltern sie gefunden haben, darf sie bis einschließlich der Hochzeit Prinzessin spielen. Sie zieht mit ihrer Mama, der Mama der Gegenseite und den zehn nächsten Tanten und Schwägerinnen shoppend durch die Innenstadt und hat fast alle Wünsche frei. Kleider, Blusen, Röcke, Ketten und Armreife aus Gold und natürlich ein schneeweißes Hochzeitskleid, das sie grundsätzlich zwei Nummern kleiner als ihre aktuelle Konfektionsgröße bestellt. Dazu hochhackige Pumps, die sie während der Hochzeitsfeier einlaufen wird. Um in das viel zu enge Hochzeitskleid zu passen, zieht sie den Fastenmonat vor und hungert so lange, bis die Knöpfe hinten zugehen.

Nach der rauschenden Hochzeit, die sie mit Schnappatmung, Blasen an den Füßen und mehreren Hitzeanfällen übersteht, kommt ihr Bewegungsdrang immer weiter zum Erliegen, während die Hüften stetig an Umfang zulegen. Sie hat einen Mann abbekommen, warum sich also noch zügeln? Jetzt isst sie genauso viel wie ihre Mutter, und ihr Sportprogramm besteht aus Fensterputzen, Teigblätter-Ausrollen, Kochen und Auf-dem-Markt-Einkaufen. Sie hat noch nie ein Fitnesscenter von innen gesehen und selbst wenn es eines in der Stadt gäbe, würde sie nur kopfschüttelnd daran vorbeilaufen. Was sollte sie da? Sich zum Affen machen? Jedes Kind macht sie etwas breiter, und nach zehn Jahren Ehe gelingt es ihr mühelos, das Brautgewicht zu verdoppeln.

Ist normal, ihr Mann sieht das ähnlich. Sie will nicht jung bleiben und ihre Mädchenhüften zurück, sie will als gesetzte Frau respektiert werden, sie will sich mit vierzig, fünfzig Jahren nicht neu erfinden, sie will Enkelkinder. Sie will nicht Diät halten, sondern essen, was sie kocht. Sie ist kein Model, sie ist eine Mutter.

Zweifellos leben die Deutschen asketischer, als wir es je könnten, lieber Besucher des Abendlandes. Egal ob Mann oder Frau, sie achten auf ihre Körper, verfügen über ein »Körpergefühl«, das uns schon als Begriff völlig unbekannt ist. Unsere durchschnittliche Lebenserwartung hinkt ihrer um Jahre hinterher, und sie sind geradezu besessen davon, sie noch zu erhöhen, während wir sie gerne mit verfetteten Arterien verkürzen. Siebzig Jahre reichen ihnen längst nicht mehr, sie peilen die hundert an. Sie wollen »aktiv bis ins hohe Alter sein«, Frauen wollen mit vierzig Mutter, Männer mit fünfzig, sechzig noch Vater werden. Ein erfülltes Sexualleben selbst im hohen Alter versteht sich von selbst. Sie wollen sich immer alle Optionen offenhalten, in jeder Phase des Lebens muss alles möglich sein. Warum erwachsen werden, wenn man mit vierzig noch Kind sein kann? Warum sich mit fünfzig damenhaft kleiden, wenn man im Girlielook mit Zöpfen und Jeans herumlaufen kann? Stell dir dazu nur deine Mutter in diesem Outfit vor, wie sie durch dein Viertel läuft. Warum sich nur jung verlieben? Hochzeit in Weiß geht auch mit Ende vierzig! Wenn es ums Altern und den Körper geht, sind sie Getriebene, lieber Freund. Der Körper ist nicht Träger ihres Lebens, der Körper ist das Vehikel, das sie durch die Jahrzehnte tragen soll. Also muss er bis ins kleinste Detail gepflegt, gewartet und wissenschaftlich versorgt werden. Wir warten nicht unseren Körper, wir verschleißen ihn, und unserer Völlerei setzt nur der Arzt ein Ende, wenn er uns verkündet: »Entweder du hörst jetzt auf, jeden Tag Fleisch und ein Pfund Brot zu essen, oder du wirst deine Enkelkinder nicht mehr sehen.«

Nur dann stellen wir unsere Ernährung um, wenn überhaupt. Unsere Eltern wollen nicht ewig jung bleiben, sie wollen, dass man sie als »Alte« respektiert. Das wiederum wäre für viele deutsche Jungspunde im selben Alter ein Grauen. Viel lieber umgeben sie sich mit deutlich Jüngeren und wollen bloß keine zuvorkommende Rücksichtnahme. Im Gegenteil, je mehr junge Leute sie wie ihresgleichen behandeln, desto glücklicher sind sie. Dein Vater würde einen Teufel tun, mit dir um die Häuser zu ziehen. Für einen deutschen Vater wäre das aber das größtmögliche Kompliment.

Wir könnten sie für ihre Selbstdisziplin bewundern, für ihre Fähigkeit, den eigenen Körper zu kasteien, aber wir müssen nicht, denn wie in so vielem gelingt es ihnen auch bei diesem Thema selten, das richtige Maß zu finden. Ihr Land gehört zu den führenden Industrienationen, und kaum ein Mensch muss hier hungern. Zu essen gibt es im Überfluss, und Lebensmittel sind fast schon lächerlich billig. Sie leben dermaßen im Überfluss, dass es ihnen gelungen ist, Hungern zur Kunst zu erheben. Die Medien wimmeln nur so von magersüchtigen, klapperigen Models, die stolz und zickig ihre Knochen zur Schau tragen. Etliche Frauen und Kinder leiden unter Magersucht und Essstörungen, weil sie ihren Vorbildern nacheifern. Selbst auf den Straßen wirst du dermaßen viele gut situierte, aber ausgemergelte Frauen treffen und ernsthaft überlegen, ob du nicht beim nächsten Opferfest ein paar Kilo Fleisch als Spende nach Deutschland schickst. Sie geben sich aber sehr emanzipiert und vollkommen frei und würden dir glaubhaft erklären, wie wohl sie sich als erwachsene Frau im Körper eines Mädchens fühlen. Sie sind unseren Frauen in vielerlei Hinsicht um Lichtjahre voraus und verglichen mit ihrer totalen Freiheit, die sie sich erkämpft haben, leben unsere Weiber so frei wie Hühner in Legebatterien.

Eine Orientalin möchte ihrem Zukünftigen gefallen, eine gute Ehefrau und Mutter sein, sie hat nicht viel zu lachen, aber viel Arbeit und bekommt seit der Kindheit eingeimpft, wie schmutzig, sündig und ekelig körperliche Liebe ist. Mancher Pascha reduziert die Angetraute auf eine Gebärmaschine, und sie hat während der regelmäßig befleckten Empfängnis so viel Spaß wie ein Rabbi an der Klagemauer. Ihre größte Angst ist, eines Tages könnten andere über sie sagen, sie sei »zu Hause geblieben«, wenn sie keinen Mann abbekommen und langsam zur alten Jungfer mutieren würde. Über so bescheidene Ansprüche könnte die Deutsche von Welt nur milde lächeln, zuallererst möchte sie nämlich sich selbst gefallen, sich in ihrem Körper wohlfühlen, den eigenen Bedürfnissen folgen. Sie ist total frei von männlicher Bewertung und echt gerne Single. Und nur so zum Spaß, öfter wegen einer verlorenen Wette gegen ihre Freundinnen, hat sie bei diversen Partnerschaftsbörsen im Internet ihr Profil hinterlegt und trifft manchmal jemanden, dessen Profil sie »nett« oder »ansprechend« findet. Aber immer ganz unverbindlich, mit einem Augenzwinkern, genauso hält sie es bei Teilnahmen an Speeddating-Veranstaltungen. Mit Sexualität hat sie nun überhaupt keine Probleme, sie redet gerne und ausführlich darüber, hat konkrete Vorstellungen und übernimmt gerne den aktiven Part beim Liebesspiel. Sie ist bei dem Thema mindestens so locker wie die Figuren aus ihrer Lieblingsserie »Sex and the City«. Aber sie ist auch mal gerne allein und durchlebt Phasen, in denen sie »echt keinen Mann« brauchen kann. Da trifft es sich gut, dass sich dann meistens auch keiner aufdrängt.

Selbstverständlich möchte sie Nachwuchs, sie möchte ein Kind, vielleicht sogar mal zwei, aber auf keinen Fall eine halbe Fußballmannschaft. Und nicht mit dem nächstbesten Typen, sondern mit einem Mann, der ihren Ansprüchen und Erwartungen genügt, der auf ihre Bedürfnisse einzugehen bereit ist, sie mit Liebe erfüllt, ihr aber auch genug »Luft zum Atmen« lässt. Immer da ist, wenn sie ihn braucht, aber oft genug weg, wenn sie ihren vielen Aktivitäten nachgeht, die ihr alle wichtig sind. Wenn sie dann »Mr Right« erst mit Anfang vierzig kennenlernen sollte, auch gut. Zeit hat sie, viel mehr als eine Orientalin, schließlich tickt ihre biologische Uhr wegen des überlegenen Lebensentwurfs wesentlich langsamer. Falls es aber mit dem Richtigen nicht klappen sollte, kann sie sich auch vorstellen ein Kind zu adoptieren oder eine Samenbank in Anspruch zu nehmen. Zu ihrem Glück denkt der dynamische deutsche Mann ganz ähnlich über Beziehung und Lifestyle, und die Schnittmengen sind enorm. Auch er hat sehr konkrete Vorstellungen über »Mrs Right« und geht einem ganzen Arsenal von Hobbys nach, die er niemals einer Beziehung opfern würde. Er hat keine biologische Uhr, er hat unendlich viel Zeit, Charlie Chaplin hat mit siebzig noch ein Kind gezeugt, also wird er es mit sechzig wohl locker hinkriegen. Auch wenn seine Frau ihn dann zum Elternabend rollen müsste. Warum sich also unnötig einschränken? Warum sich zu früh binden? Er will alles, er kriegt alles, er ist der Freibeuter der Moderne, energetisch, erfolgsorientiert, metrosexuell. Respektvoll gegenüber Frauen ist er natürlich trotzdem.

Nicht wie wir Morgenlandmachos, die Frauen grob in zwei Kategorien einteilen: ehrenhafte wie Mama, Schwester, Ehefrau und Freiwild wie der Rest. Dazu gehören gerade Frauen, die sich extrem europäisch geben, die Haare blondieren, Brust vergrößern, Lippen aufspritzen und sich die Nasen auf Haselnussgröße verkleinern lassen. Wie zum Beispiel unsere Nachrichtensprecherinnen, die alle das gleiche Nasenmodell tragen, egal ob groß oder klein, dünn oder dick. An ihnen leben wir unsere schmutzigen Fantasien aus, an Sängerinnen mit aufgepushtem Dekolleté, Schauspielerinnen mit übersinnlichen Lippen und Bauchtänzerinnen mit üppigen Rundungen. Wie tierisch, wie triebhaft von uns ... Hierzulande wirst du zwar viel mehr weibliche, nackte Haut sehen, du wirst geradezu von nackter Haut erschlagen werden, egal wohin deine Augen blicken, von der Litfaßsäule bis zum Fernsehen, aber natürlich liegt der Fall hier völlig anders. Alle diese nackten Damen dienen nicht der männlich-sexuellen Projektion, an ihnen sabbern sich nicht chronisch Unbefriedigte ab, sie werden nicht zu einem Stück Fleisch degradiert, nein, nein. Sie ziehen sich aus, weil sie das wollen, weil exzessive Nacktheit ein Zeichen von zeitgemäßer Emanzipation ist, weil sie es als Frauen toll finden, wenn Männer sie toll finden, weil sie damit ihre exhibitionistische Ader ausleben und es total cool und frech ist, »bitchy« zu sein. Und wenn sie sich den Busen vergrößern und das Fett absaugen lassen, hat das immer ästhetische Gründe, keine männlichen. Kapiert?

Asche auf unser Haupt, aber es ist noch schlimmer, denn unsere Hinterwäldlerhaltung zieht sich durch viel mehr Lebensbereiche. Wir stellen ja auch unseren Reichtum ungeniert zur Schau, protzen mit einer teuren Limousine, einer großen Villa, tragen pfundweise Gold um Hals und Gelenke und italienische Slipper an den Füßen, und stopfen die Kinder mit europäischer Schokolade zu, wenn wir es zu etwas gebracht haben. Reiche Deutsche haben solche parvenühaften Statussymbole längst nicht mehr nötig, sie sind weiter und Könige des Understatements. Sie definieren ihren Stand durch Ernährung. Hier gilt: Du bist, was du isst. Sie essen makrobiotisch, molekular, vegetarisch, vegan, geben für exquisite Speisen in Sternerestaurants ein Vermögen aus, trinken edle Weine, deren Wert den eines Kleinwagens übersteigt. Am Einkaufswagen kannst du den Deutschen erkennen. Das Prekariat füllt ihn in Billigdiscountern mit Fast Food, Tiefkühlkost, löslichem Kaffee und billigem Fusel, der Großbürger aber mit Feinkost, teuren Weinen, Espressobohnen, frischen Salaten und Früchten. Und natürlich Vollkornciabatta, das gerade aus dem Ofen kommt.

Wir sollten sportlich sein, liebe Freundin, und uns eingestehen, dass wir mit dem Lifestyle der Deutschen kaum mithalten können. Wir sind nicht nur kürzer als sie, wir leben auch kürzer. Unsere Städte pflastern keine Fitnesstempel und Wellnessoasen, Reformhäuser, Drogerien. Keiner von uns frequentiert ein künstliches Höhenzelt, um seine Zellen zu verjüngen. Stattdessen lauern uns an jeder Ecke gewaltige Kebapspieße auf, in Kalb- und Geflügelversion. Unsere Straßen prägen Schlachtereien und Brotbäcker, nicht Feinkostgeschäfte. Wir werden von Mais und Teigverkäufern umzingelt, nicht von ultraschlanken Frauen. Der Einzelne gilt bei uns nichts, es sei denn, er ist Chef. Ansonsten hat ein Individuum nicht viel zu melden, Familie ist wichtig, Eltern sind wichtig, Verwandtschaft, Vaterland, Ehre, Stolz, Fußball, aber nicht das Individuum. Hier aber lebt jeder Einzelne seinen Individualismus durch einen differenzierten Geschmack aus. Jede Speise, jedes Getränk gibt es in unterschiedlichsten Variationen und Größen. Wir bestellen einen Mokka mit wenig, viel oder keinem Zucker, aber hier kann die Lebenskünstlerin ihren Latte macchiato in »small, medium oder tall« bestellen, aus Soja- oder Kuhmilch, mit Vanille-, Karamell- oder Schokoladengeschmack, mit und ohne Milchschaum. Zum Mitnehmen oder hier Trinken. Du bewunderst Fortschritt? Hier ist er! Und frag nicht plump, ob sie denn an einem Arbeitstag noch zu etwas anderem kommt, als einen Milchkaffee im Pappbecher zu bestellen. Sie hat Zeit, sie lebt länger als du, viel länger.

Während wir uns permanent mit Krankheit, Siechtum herumschlagen, während wir jammern, stöhnen und jeder von uns ein beeindruckendes Pillendepot unterhält, dessen Inhalt er gerne mit Freunden tauscht, geht der Deutsche zum

Heilpraktiker, nimmt homöopathische Präparate in homöopathischen Dosen zu sich und ist nicht dauerunglücklich wie wir. Wenn er mal »down« ist, was fast nie vorkommt, geht er zum Therapeuten und redet drüber, justiert sich neu. Nach der Seelenmassage sieht er die Welt wieder gewohnt rosa und »greift wieder voll an«. Bis zur nächsten Stunde.

Unsere einzig zulässige Partnerschaftsform ist die Ehe, alle anderen Verbindungen von Mann und Frau sind suspekt, sündig, gehören sich nicht. Deutsche aber leben in »losen Beziehungen«, engen Partnerschaften, Patchworkfamilien, »ernsten Affären« und manchmal sogar Ehen. Ihre Verbindungen unterziehen sie regelmäßig einer Revision, klären ihre Rollen in der Beziehung, und wenn das Ergebnis negativ ausfällt, gehen sie getrennte Wege, bleiben aber freundschaftlich verbunden. Bevor sie Ansprüche zurückschrauben müssen, bevor sie sich einschränken, leben sie lieber allein. Bei uns hingegen gleicht die Scheidung oft einer Naturkatastrophe, und keiner, weder Mann noch Frau, überlebt sie unbeschädigt. Nicht einmal die Familien. Jeder orientalische Deckel muss auf dem Topf bleiben, auch wenn er längst verbogen, verbeult ist und der Topf rostig. Der deutsche Deckel ist immer rostfrei und wegen sehr konkreter Wunschvorstellungen an Leben, Partner und Körper dermaßen verziert, dass die Suche nach dem passenden, ebenfalls vielfach verzierten Topf nicht leicht ist. Darum erfordert ihre Suche systematisches Vorgehen unter Einsatz moderner Kommunikationsmittel wie SMS, Mail, Chat und sogar persönlicher Begegnung. Sie sind Meister der Vorbereitung und können selbst spontanes Verliebtsein, Romantik, den Zauber des ersten Blicks planen. Wir können es nicht, wir können nur Kismet. Wir wollen ein ruhiges Leben, je weniger wir tun müssen, umso besser. Sie wollen so viel wie möglich tun, im Diesseits, nichts verpassen, hyperaktiv sein, bis der Sargdeckel zugeht.

Ihr Leben gleicht einer Bonuscard, auf der sie so viele Eindrucks-, Aktivitäts-, Erlebnis- und Erfahrungspunkte wie möglich sammeln wollen. Unsere Existenz eher einem Gutscheinheft, das Jahr um Jahr dünner wird. Und wenn das Heft leer ist, stehen wir an der Himmelspforte und hoffen auf ein neues im Paradies. Sie geben ihre Bonuscard ab. Wir wissen nicht, ob Gott der große Wettkampfleiter ist und nach Höhe der Punktzahl Prämien verteilt. Vielleicht geht es für Deutsche auch einfach weiter, im Jenseits, und sie bringen endlich mal den Himmel auf Vordermann, steigern die Effizienz, halten sich weiterhin fit, weil sie auch das Paradies überleben wollen. Weil sie einfach immer weitermüssen. Vielleicht ist der Allmächtige aber gar nicht so allmächtig, sondern neugierig und stellt uns allen einfach Fragen nach unserem irdischen Dasein. Fragt uns Orientalen, warum wir so fatalistisch waren, so genügsam und unsere extreme Scheu vor Veränderung nicht ablegen konnten. Möchte wissen, wie wir die Gabe, niemals aus Fehlern zu lernen, zu solch einer Meisterschaft gebracht haben.

Was würde er Deutsche fragen? Vielleicht, wie es ihnen gelungen ist, ihre lange, lange Lebenszeit mit Aktionismus dermaßen zu verkürzen. Wovor sie eigentlich so große Angst haben. Warum anderen ein Menschenleben genügt, ihnen aber nicht. Ob es wirklich eine gute Idee war, sich hauptsächlich mit sich selbst zu beschäftigen. Vielleicht hat Gott aber gar keine Zeit für uns, weil er selber zum Yoga muss.

Tragisches Tätscheln –
Weltberühmt in Deutschland

Ein zwiespältiges Verhältnis scheinen die Deutschen zu ihren prominenten Mitbürgern aus Film und Fernsehen, also zu sogenannten Stars des Landes, zu pflegen, lieber Baklawa-Bahrainer. Wobei diese Bezeichnung mit Vorsicht zu genießen ist, weil sie mitunter leidenschaftlich diskutieren, ob es überhaupt »deutsche Stars« geben kann, ob diese Bezeichnung nicht ein Widerspruch in sich ist. Tatsächlich reicht die Berühmtheit berühmter Deutscher meistens nur bis zu den Landesgrenzen. Sie werden von hiesigen Spöttern als »in Deutschland weltberühmt« beschrieben. Eine andere Kategorie stellen die wenigen wirklichen Weltstars aus Deutschland dar. »Der Prophet gilt nichts im eigenen Lande«, pflegt man hier zu sagen, und diesem Sinnspruch können wir Muslime bedenkenlos zustimmen, da wir im Orient traditionell unsere wenigen Künstler, Wissenschaftler und Schriftsteller von Weltrang eingesperrt, gefoltert, ins Exil gejagt oder gleich ins Jenseits befördert haben. So weit würden die Deutschen inzwischen nicht mehr gehen, schließlich begreifen sie sich spätestens seit dem mit bescheidenem Erfolg geführten Zweiten Weltkrieg als Teil des zivilisierten Abendlandes und betreiben die Hexenjagd nur noch medial, wenn sie feststellen, dass eine bekannte Schauspielerin oder ein bekannter Musiker sich undankbar zeigt und Gefahr läuft »abzuheben«.

Auf kaum etwas reagiert der typische Deutsche allergischer. Denn gerade als »Celebrity« muss man »auf dem

Boden bleiben«, darf nicht vergessen, »wo man herkommt«, sollte man immer »normal bleiben«, »dankbar sein«, sich niemals »für etwas Besseres halten«, um nicht vom Bannstrahl des »gesunden Volksempfindens« getroffen zu werden. Also singen die Berühmtheiten des Landes in Interviews, Reportagen und »Homestories« brav das Lied vom einfachen Leben, wie normal und erdverbunden sie geblieben sind und manchmal sogar noch U-Bahn fahren, um den »Bezug zur Realität nicht zu verlieren«, während sie an ihrem 25-Meter-Swimmingpool auf Mallorca sitzen oder beschwingt in ihren Oldtimer steigen, dessen Wert einem Zweifamilienhaus mit Garten entspricht.

Im Orient wären wir bitter enttäuscht, wenn unsere großen Stars »normal« wären. Sie dürfen niemals gewöhnlich und irdisch sein, das sind wir selber. Und die Spiegelung unser selbst wäre bemitleidenswert, nicht anbetungswürdig. Unsere Künstler sollen unseren Schmerzen eine Stimme und unserer Sehnsucht ein Ventil geben. Die Größten von ihnen sind bei uns nationale Symbole, und sie haben Narrenfreiheit. Sie dürfen zum Beispiel – wie die berühmte türkische Sängerin Bülent Ersoy – in der Jugend ein Mann und nach einer Geschlechtsumwandlung eine Frau mit Vorliebe für Männer sein. Sie dürfen sich ohne jegliche Häme bis ins hohe Alter die Haare schuhcremeschwarz färben und ihre Partner öfter als ihre Garderobe wechseln. Sie dürfen, ja sie müssen ein luxuriöses Leben führen. Wir wollen ihnen nicht in der U-Bahn, sondern in unseren Träumen begegnen. Die Deutschen wären verstört, wenn sie wüssten, wie weit manchmal die Bewunderung in unseren Breitengraden geht. Du weißt ja, kaum ein Konzert des berühmten Sängers und Exil-Algeriers Khaled findet ohne Schlägereien in seinem Publikum statt. Die entflammten Zuhörer können ihrem Idol niemals nah genug sein, und die Security tut während Khaleds Konzerten nichts anderes, als die Erstürmung der Bühne durch seine leidenschaftlichen Fans zu verhindern. Die Anhänger des türkischen Schmerz- und Schmalzbarden Müslüm Gürses ritzen sich während seiner Darbietungen als Zeichen ihrer bedingungslosen Liebe am ganzen Oberkörper die Haut auf. Seine Merchandisingabteilung macht neben Musikkassetten und CDs vor allem mit dem Verkauf von Rasierklingen Umsatz. Natürlich ist jede Verpackung vom Schmerztiegel Müslüm handsigniert. Oder denk nur an Umm Kulthum, unsere göttliche, den größten arabischen Gesangsstar aller Zeiten. Während ihrer wöchentlichen Radiokonzerte waren die Straßen Ägyptens leergefegt. Als sie 1975 starb, nahmen mehrere Millionen Menschen in Kairo an der Beerdigung teil. Etliche ihrer Anhänger folgten ihr aus Trauer in den Tod.

So etwas könnte dem Normaldeutschen nicht passieren. Bei ihm hat alles seine Grenzen, auch die Zuneigung. Abgehoben, manisch, übertalentiert, entrückt, größenwahnsinnig, dekadent, unwiderstehlich und göttlich können gemäß der deutschen Seele ausländische Stars gerne sein, deutsche Sterne nicht. Immerhin dürfen diese »echt froh« über ihr tolles Leben sein, regelmäßig verkünden, »wie viel Glück wir gehabt haben«, und sich für mehr oder weniger karitative Einrichtungen engagieren, um »etwas zurückzugeben«. Wobei sich das »Zurückgeben« zu einer echten Industrie entwickelt hat. Am laufenden Band gibt es Kampagnen für Afrika, Asien und den Weltfrieden. Werden Spenden für Kinder, Alte und lahme Menschen, zur Bekämpfung von Krankheiten, Armut, schlechten Zähnen und zur Darmvorsorge gesammelt. Hinzu kommen noch Aktionen und Events gegen die Klimakatastrophe, unerwünschte Kriege, Fettleibigkeit, Kopfschmerzen, Rinderwahnsinn und Bewegungsarmut.

Auch unterhält jeder Medienstar, der bereits eine stattliche Anzahl von Villen und anderen Immobilien angehäuft hat, eine Stiftung, die sich der Bekämpfung einer möglichst seltenen Krankheit verschreibt. Erstaunlicherweise ist der Bedarf an seltenen Krankheiten unter A- und B-Prominenten in diesem Land so groß, dass sie sogenannte Disease-Hunter aus der Medizin mit dem Aufspüren exotischer Gebrechen beauftragen, um diesen dann medienwirksam als »Schirmherrin« oder »Schirmherr« mit »Charity-Events« auf den Leib zu rücken. Diese Veranstaltungen werden mit zugkräftigen Titeln wie »Essen für Afrika – Ein Zehn-Gänge-Menü gegen den Hunger in Äthiopien«, »Wirf die Dose, triff Sarkoidose – Bonduelle feiert 100-jähriges Jubiläum« oder »Mit Logorrhö gegen Diarrhö – Das Seitenbacher-Comedy-fest« von Prominenten für Prominente initiiert. Ein großer TV-Sender überträgt selbstverständlich die gesamte dreistündige Gala, und die Fernsehzuschauer bekommen während der Sendung Spendenkonten eingeblendet, um ihren Beitrag für die gute Sache leisten zu können.

Durch diese Hyperaktivität hält sich natürlich der Vergötterungsfaktor der Prominenten in Grenzen, weil sie ganz nach dem Prinzip »Mehr ist mehr« arbeiten. Und die vielfältige und breit angelegte Medienlandschaft bietet ihnen reichliche Möglichkeiten. So kann man während des Abendprogramms einen bekannten Schauspieler als Hauptdarsteller einer Serie bewundern, während er gleichzeitig auf einem anderen Kanal in einer Talkshow über seine neuste Scheidung erzählt und in den Werbeeinblendungen für einen Heimwerkermarkt wirbt. Andere Prominente erlebt man gänzlich nur in Talk- und Panelshows und es lässt sich nicht mehr einwandfrei rekonstruieren, was sie eigentlich berühmt gemacht hat. Diese sogenannten Talkshow-Hopper, zumeist Damen, sind Stammgäste der TV-Magazine, Unterhaltungssendungen und Gesprächsrunden. Sie stellen wahlweise ihre aktuellsten erotischen Magazinbilder, eine neue selbst kreierte Modelinie, die frisch operierte Nase oder auch ihren hochschwangeren Bauch dem geneigten Medienpublikum vor. Dabei gelingt es ihnen, sich durch substanzielle Wortbeiträge in ein gutes Licht zu stellen. Zum Beispiel antwortete eine Dame, die hauptsächlich durch ihre wechselnden prominenten Lebenspartner bekannt geworden ist, auf die Frage des Moderators, was sie über die Gesundheitsreform denke, sie würde eher emotional an die Sache rangehen und ihr Gefühl würde ihr sagen, dass es Peelingcreme auf Rezept geben müsste. Und ein junger Mann, dessen Ruhm sich auf dem vorzeitigen Ausscheiden bei einem Gesangswettbewerb gründet, bemerkte zur Nahostkrise, dass Juden doch auch Menschen seien und dass es in dem Imbiss in seiner Straße den besten Falafelteller der Stadt gäbe.

Noch ein weiterer Unterschied wird dir interessiertem Besucher aus dem Orient ins Auge fallen. Während wir unsere heimatlichen Schauspielerinnen und Sängerinnen ja vor allem wegen ihres Temperaments, der großen Gesten, ihrer Tränen und Dramen willen so sehr lieben, zeichnen sich deutsche Diven vor allem durch »Innerlichkeit« aus. Der Autor dieser Zeilen musste lange und gründlich recherchieren, um hinter das Geheimnis der »Innerlichkeit« zu kommen. Es handelt sich dabei um die Gabe, das ganze Spektrum menschlicher Gefühlsregungen hinter einer ausdruckslosen und unbewegten Mimik sichtbar werden zu lassen. Darum wird den größten deutschen Diven eine tiefe Emotionalität und Betroffenheit zugesprochen, die für uns Orientalen höchstens zu erahnen ist. In einem Kinospielfilm vermag zum Beispiel eine einzige Träne der Hauptdarstellerin die ganze Tragik der von ihr verkörperten Figur zu erzählen und das sachte Klopfen an den Oberarm ihres männlichen Widerparts gleicht einer Liebeserklärung. So kann man die arglose Bemerkung eines Landsmannes, dem bei der Betrachtung einer finalen Liebesszene in einem deutschen Film mit deutschen Darstellern ein »Da ist doch gar nichts passiert!« herausrutschte, nur mit seiner Unkenntnis der deutschen Gefühlskultur erklären. Für einen Orientalen mag äußerlich nicht viel sichtbar gewesen sein, aber für den deutschen Zuschauer haben sich in den Figuren ganze Kontinente bis zum Happy End bewegt.

Glossar –
Kurzer Schlüssel zu langen Begriffen

ARBEITSPLATZ: Hauptpfeiler, Grundnorm und Mittelpunkt des deutschen Lebens. Ohne einen ~ verwirkt der Deutsche eigentlich sein Existenzrecht. Seit Urzeiten trennten Teutonen ihre Gesellschaft in arbeitende und arbeitslose Menschen. Bis vor wenigen Jahren galten Arbeitslose als »Parasiten und asoziales Pack«, weil immer die erste Stammtischweisheit griff: »Wer wirklich arbeiten will, findet auch Arbeit.« Seit aber die Globalisierung auch das ehemalige Wolkenkuckucksheim Deutschland umpflügt, Millionen Arbeitslose produziert und auch die zweite Stammtischweisheit »Gehts meinem Chef gut, gehts auch mir gut« täglich neu pulverisiert, ähnelt der strebsame Deutsche einem Epileptiker im blitzenden und blinkenden Discolicht. Was ihn aber nicht daran hindert, sich weiterhin hauptsächlich über den ~ zu definieren und Einschränkungen bis zur Selbstverleugnung hinzunehmen, damit der ~ noch ein paar Jahre sicher ist.

AUTHENTISCH: Ultimatives Kriterium für sämtliche als wertvoll erachtete Erlebniswelten. So gut wie alles im Leben deutscher Großstädter muss ~ sein: Filme, Theaterstücke, Kunstwerke, Bücher. Wegen des enorm hohen ~en Anteils erfreuen sich iranische Problemfilme und Biographien geknechteter Orientalinnen und Afrikanerinnen besonderer Beliebtheit. Auch in Freundschaften und Beziehungen gilt das Diktat des ~en. Nur wenn die Liebe des Partners als ~ empfunden wird, kann sich eine Deutsche »fallen lassen«

und trotzdem »ganz bei sich selbst« sein. Solange das Erlebte echt ~ wirkt, sind alle anderen Qualitätsmerkmale völlig zu vernachlässigen. Als Faustregel gilt: Je dünner das Gelebte, desto wichtiger wird das ~ Erlebte.

BEWUSST: Landestypischer Geisteszustand halbgebildeter aber extrem sensitiver Metropolenbewohner. Jegliche Aktivitäten und Handlungen, selbst spontaner Natur, müssen durch das Nadelöhr des ~en. Sonst greifen automatisch Urängste wie Kontrollverlust, Verpassen, Überforderung. Fallbeispiele: »Ich möchte mich dieses Mal ganz ~ verlieben«, »Du musst Nähe auch erst ganz ~ zulassen«, »Sorry, aber das war mir ein Stück weit gar nicht ~«, »Und dann hab ich mal ganz ~ das Dressing bei meinem kleinen gemischten Salat weggelassen, ich war so stolz auf mich«.

BLAU: Synonym für eine Farbe, Speise, Nachname, Eigenschaft und Tätigkeit. ~machen: unter Schülern, Studenten und Beamten weit verbreitetes Schwänzen der Arbeit ohne triftigen Grund, was die ~macher als »Kavaliersdelikt« betrachten; ~ sein: halbdemente psychische Verfassung nach exzessiver Einnahme alkoholischer Getränke. Trotz späterer Gedächtnisaussetzer und Katers als angenehm empfunden. Umgangssprachlich: »Mann, war ich gestern ~!«; Forelle/Karpfen ~: in kochendem Essigwasser mit Gewürzen zubereiteter Fisch, der wegen des Essigs bläulich anläuft. Gewöhnungsbedürftig für orientalische Gaumen, es sei denn, man ist schon vorher so was von ~.

DOPPELHAUSHÄLFTE: In der Regel fünfzigprozentiger Anteil einen Doppelhauses, welches eine originär deutsche Erfindung ist. Architektur, Statik, Bauweise sind meistens so aufregend wie das Wort ~. Äußerst gewagte Wohnart, da der Besitzer einer ~ auf Gedeih und Verderb mit dem Besitzer der anderen ~ zurechtkommen muss, was selten der Fall ist. Viele Doppelhausnachbarschaften beschäftigen wegen manischer Verklagungssucht die Mitarbeiter deutscher Gerichte. Mindestens ein Viertel der juristischen Angestellten wäre arbeitslos, würde der Staat den Bau von Doppelhäusern stoppen.

EINLADEN: Tut der Deutsche weniger häufig als der Orientale. Nur zu besonderen und feierlichen Anlässen lädt er gerne ein. Im Alltag ist es nicht ungewöhnlich, dass selbst Paare im Supermarkt oder Restaurant getrennt bezahlen, da sie »getrennte Kassen« vorziehen. Meistens hat der Deutsche die Anzahl seiner Einladungen gut im Blick und vermeidet so jede Einladungsschieflage in Beziehungen und Freundschaften. Wird man vom Deutschen zum Kaffee oder in ein Restaurant eingeladen, sollte man sich immer ganz offiziell bedanken und unbedingt folgenden obligatorischen Satz anfügen: »Das nächste Mal lade ich dich aber ein!«

EMOTIONEN: Beim Deutschen durchaus vorhandene, ihm aber im Kern suspekte seelische Erregung. Der Deutsche pflegt auf abstrakt-sprachlicher Ebene einen souveränen Umgang mit ~: » ... da musste ich schon ~ zeigen« oder »... das waren ~, wo man nicht beschreiben kann« oder »... es war ein unglaublicher emotionaler Moment«. Auf praktischer Ebene dagegen ist des Deutschen Umgang mit ~ verkrampfter (-> unverkrampft), da wirkt er gelegentlich unbeholfen, hölzern. Er trennt strikt zwischen Ratio und ~; Priorität hat die Ratio. Ein Sonderfall ist der Fußballsport: Für Anhänger und Beteiligte sind ~ erlaubt, sogar zwingend: »Man wird doch wohl seine ~ zeigen dürfen!« (Beleidigung des Gegners, Beschimpfung des Schiedsrichters, Verhöhnung eines gegnerischen Spielers).

FREMDSCHÄMEN: Neumodische Wortkreation, die das Sichergötzen an der Peinlichkeit, Jämmerlichkeit und Dummheit von Fremden beschreibt. Beliebte Opfer des ~s sind schlichte Teilnehmer von Castingshows und sogenannten Talentwettbewerben. Sobald sich wieder eine arme Kreatur vor aller Öffentlichkeit »zum Obst« gemacht hat, fluten deutsche Gaffer Internetforen mit Schmähungen und Beleidigungen. Dass anonyme Beschimpfung und Herabsetzung viel »peinlicher« als schiefes Singen in der Öffentlichkeit ist, liest man im Netz hingegen selten. ~ verwechselt der Deutsche gerne mit ->Humor.

FRISEUR: Grundsolider deutscher Ausbildungsberuf, hauptsächlich von Frauen mit permanent »witzigen« Frisuren betrieben. Und einer männlichen Minderheit mit nicht weniger gewagter »schriller« Frisur, die mehrheitlich gleichgeschlechtlicher Liebe frönt. Um Irritationen zu vermeiden, sollte der männliche Orientale sich immer von einer ~in bedienen lassen. Zusatzinfo: Homosexualität ist für männliche Auszubildende laut Friseurinnung keine Einstellungsvoraussetzung. Genauso wenig grell gefärbte Haare.

HUMOR: Seelische Achillesverse des Deutschen. Wird ihm von seinen europäischen Nachbarn abgesprochen, was ihn recht unglücklich macht. Also versucht er permanent, durch Verrenkungen, selbstironische Statements und gründliche Untersuchungen zu beweisen, über wie viel ~ er doch verfügt. Träumt von einem -> unverkrampften, souveränen Umgang mit ~ im Stile der Engländer und schämt sich zugleich über jeden Witz, der auf Kosten anderer geht. Die erfolgreichsten deutschen ~arbeiter sind Könige des »Pipikacka«-~s. Verkürzt ließe sich sagen, der Deutsche hat wenig ~, aber er redet gerne drüber. Ein Extremfall ist der rheinische Karnevals~, auch Schenkelklopfer~ genannt. Der Büttenredner setzt sich eine total witzige Clownsnase auf und gibt vor einem riesigen Auditorium Gleichgesinnter stundenlang abgestandene, schale und zotige Altherrenwitze in Schüttelreimen zum Besten, denen er einen tagespolitisch aktuellen Anstrich verpasst. Nach jeder Pointe spielt die ebenfalls mit witzigen Clownsnasen ausgestattete Amateurkapelle einen Tusch und alle im Saal klopfen sich spontan auf die Schenkel, weil sie die Pointe natürlich schon längst geahnt haben. Der rheinische Karnevals~ ist so exquisit und schmackhaft wie das ->Kölsch, dass die Karnevalisten hektoliterweise zu den »närrischen Tagen« trinken.

KETTENMAIL: Verschickt der Deutsche zu Hunderttausenden, immer für einen guten Zweck. Für eine Spendeleber, zur Rettung der Eisbären, gegen Krieg, Hunger und hohe Spritpreise. Beliebt sind auch ~s mit esoterischem, pseudophilosophischem Inhalt, die der ewig verletzten postmodernen Erste-Welt-Seele Glückseligkeit versprechen, wenn sie nur die angeführten einfachen »Wahrheiten« verinnerlicht und endlich versucht, »sich selber zu lieben«. Auch verschickt der Deutsche regelmäßig politisch angehauchte ~s, um -> Zeichen zu setzen. Kostet ihn nur ein, zwei Klicks, entfaltet aber enorme globale Wirkung. Deutsche ~s haben bereits Millionen Quadratmeter Regenwald gerettet und etliche Potentaten zu Fall gebracht.

KNUTSCHEN: Lang anhaltender als Vorstufe zum Geschlechtsverkehr dienender Austausch von Zärtlichkeiten und Speichel. Besonders frisch Verliebte zelebrieren das ~ gerne in der Öffentlichkeit, damit alle an der rosa Wolke teilhaben. Polizeiruf überflüssig, da gesetzlich nicht verboten. Je angetrunkener die Beteiligten, desto heftiger das ~. Empörung zwecklos, Nichtbeachtung empfehlenswert. Das ~ zwischen den ~den nimmt meistens nach den ersten drei Monaten rapide ab, bis es nach einem halben Jahr gänzlich entfällt und nahtlos in die »tote Hose« übergeht.

KÖLSCHFREUNDSCHAFT: Setzt sich zusammen aus Kölsch (dünnes, in Reagenzgläsern ausgeschenktes Bier, regionale Spezialität aus Köln, im Rest der Republik »Plörre« genannt) und Freundschaft. Temporäre menschliche Nähe in den Abendstunden, meistens zwischen zwei sich vorher fremden Männern. Ausgelöst durch konsequente sukzessive Einnahme von alkoholischen Getränken. Hält in der Regel bis zum letzten Glas nach Mitternacht, spätestens löst sie sich mit dem Morgennebel und dem obligatorischen Kater (schwerer Kopf, Übelkeit, Erbrechen) auf. Lässt sich mit denselben zwei Personen nur schwer wiederholen. Als Faustregel gilt: Je länger der Abend, desto tiefer die ~.

MIGRATIONSHINTERGRUND, Mensch mit: politisch extrem korrektes, von Sozialpädagogen, Integrationspolitikern und Gutmenschen verwendetes Substitut für das gängigere »Ausländer«. Die Erfindung des ~s ist ein besonders gelungenes Exemplar deutscher Integrationskunst: Diskriminierung durch vermeintlich positive Hervorhebung.

OSSI: Bezeichnung für Bewohner der neuen Bundesländer durch -> Wessis, die dem ~ einen Hang zu Wehleidigkeit, Komplexen und Faulheit vorwerfen, was der ~ vehement abstreitet. ~s sind die neuen Ausländer mit deutschem Blut und deutschem Pass, und sie sind noch stärker vom Aussterben bedroht als Wessis, weil zu viele geschlechtsreife ~frauen gen Westen ziehen und sich die Fortpflanzungsrate von männlichen ~s mit Hang zur Glatze trotz neuester wissenschaftlicher Entwicklungen noch in Grenzen hält. Der ~ fühlt sich permanent vom bösen kapitalistischen Onkel aus dem Westen aufgekauft, gegängelt und schlecht behandelt. Für orientalische Touristen empfiehlt sich eine Gruppenfahrt durch die neuen Bundesländer im geschlossenen Bus, da der ~ eine angeborene Scheu vor Fremden hat. Das erklärt auch logisch, warum bei McDonalds im Osten ausschließlich ~s arbeiten, während sämtliche McDonalds-Filialen in den alten Bundesländern fest in iranisch-afghanisch-pakistanischer Hand sind.

RAUCHVERBOT: Gesetz zum Schutz von Nichtrauchern, das föderaltypisch in sechzehn verschiedenen Variationen angewendet wird. Hatte die üblichen Klagen bis vors Verfassungsgericht und anschließende Nachbesserungen und Korrekturen der Nachbesserungen zur Folge. Kreierte ein neue gesellschaftliche Schicht: Kaste der bemitleidenswerten Raucher, die ihrer Sucht nur noch in zugigen Raucherquadraten und als Aussätzige vor den Türen von Restaurants und Kneipen frönen dürfen. Seit das ~ in Kraft ist, rächen sich Raucher, indem sie jeden Eingangsbereich einer Gaststätte in eine blaue Dunstwolke tauchen, durch die jeder Nichtraucher hindurch muss, wenn er den Laden betreten will. Das ~ zerstörte auch die von der Raucherkaste nostalgisch besungene Gemütlichkeit, die das Rauchen in geschlossenen und schlecht belüfteten Räumen schuf. Was an brennenden Augen, tagelang stinkender Kleidung und unfreiwilliger Inhalation von Nikotin und Teer gemütlich war, können Raucher bis heute nicht schlüssig erklären.

RENTE: Erodierendes finanzielles Ruhekissen für den Herbst des Lebens. Rückt durch wiederholte Anhebung des Pensionsalters in immer weitere Ferne. Ist das Atlantis des deutschen Arbeiters. Er verzichtet auf vieles bis zu dem Moment, wenn die ~ fließt: Reisen, Luxus, Erotik, Scheidung, neue Zähne, neue Frau. Häufigster umgangssprachlicher Gebrauch: »Wenn ich erstmal in ~ bin ...«

SACHSTANDSAUSKUNFT: Fachbegriff aus der Behördenwelt. Besonders häufig von Mitarbeitern der Ausländerbehörde verwendete Wortzusammensetzung. Teil der Zermürbungstaktik zur Minderung der Anzahl von Asylbewerbern und Einbürgerungswilligen. Gängige Beschriftung an der Tür eines partiell anwesenden Beamten: »Dieses Büro ist momentan nicht besetzt. Für Sachstandsauskünfte wenden Sie sich bitte an Zimmer 311.« Keinem Asylbewerber ist bisher die Entzifferung dieses Schildes gelungen.

SCHNORREN: Dreiste Form des Bettelns von Leuten, die großen Wert darauf legen, nicht als Bettler bezeichnet zu werden. Besonders beliebt bei Jugendlichen, Studenten, studentischen Wohngemeinschaften und anderen, die zwar durchaus über Geld verfügen, es aber für clever halten, grundsätzlich mit einer leeren Geldbörse auszugehen. Das ~ von Zigaretten, Blättchen, Joints, Würsten beim Grillen und Lebensmitteln gehört zum Alltag der Schnorrer. Ein Tag ohne an~ ist für sie ein verschenkter Tag. Erstaunlicherweise lassen die Spender Schnorrer meistens gewähren, um sich nicht dem Vorwurf der Spießigkeit auszusetzen. Was aber cool daran sein soll, dummdreiste Fremde mitzuversorgen, bleibt unergründlich.

UNVERKRAMPFT: Spezifisch deutsche Befindlichkeit, geprägt durch die Abwesenheit von Verkrampfung, dadurch als angenehm empfunden. Vor allem bei politisch brisanten Themen wie Patriotismus, eigene Geschichte, fremde Zukunft, Vertreibung, Abtreibung und Freudentaumel wird regelmäßig der unverkrampfte Umgang gefordert. Die deutsche Gemütskomparation: verkrampft [Positiv] – unverkrampft [Komparativ] – locker [Superlativ] – entspannt [Exzessiv].

WARMDUSCHER: Beliebtes Schimpfwort von kernigen Männern für entscheidungsschwache, metrosexuell angehauchte, sensitive Geschlechtsgenossen, die eine Affinität zu esoterischen Lebensweisheiten pflegen. Bekanntester ~ ist der Vater des »deutschen Sommermärchens«, der ehemalige Fußballbundestrainer und aktuelle Trainer der erfolgreichsten deutschen Vereinsmannschaft. So bezeichnete Männer geben sich gerne besonders hart, entscheidungsfreudig und kompromisslos, um ihren Ruf als ~ loszuwerden, was sie in Augen der anderen zu noch größeren ~n macht.

WESSI: Bezeichnung für Bewohner der alten Bundesländer durch -> Ossis, die dem ~ einen Hang zu Arroganz, Egoismus und Besserwisserei vorhalten, was der ~ nicht abstreitet. Zermürbt durch Solizuschlag, Stasidebatten, sächsischen Dialekt und stetige Einwanderung junger Ossifrauen mit kriminellen Frisuren würde der ~ den Osten am liebsten in einen Landschaftspark mit Seenplatten und wilden Tieren umwandeln, denn er sieht nicht mehr ein, warum er weitere Jahrzehnte Geld in blühende Landschaften pumpen muss, obwohl »kaum noch ein Schwein mehr dort wohnt« und der übrig gebliebene Rest auch noch so undankbar ist. Beim ~ ist der Ossi in etwa so beliebt wie eine adoptierte Stiefschwester. Nur in einem Punkt sind ~ und Ossi gleicher Meinung, beide wollen die Mauer wiederhaben.

ZEICHEN SETZEN: In Gesellschaft und Politik weit verbreitete, spontane aktionistische Handlungsweise, die zunehmend notwendige Veränderungen ersetzt. ->Kettenmails, Lichterketten, semikonsequente Warenboykotte und bunt bemalte kurzlebige Proteste gehören zum Arsenal des engagierten ~s. Garantiert dem Zeichensetzer mediale Öffentlichkeit, lässt ihn als echten »Macher« dastehen. Wirkt so nachhaltig wie ein kalter Cheeseburger. Integraler Bestandteil des deutschen Gutmenschentums, tut nicht weh, kostet kaum etwas, ändert nichts, erleichtert aber das Gewissen.

ZEITFENSTER: Synonym für einen Zeitabschnitt, der höchstens vierundzwanzig Stunden beinhaltet. Professionelle Benutzer von ~n können den Tag in beliebig viele kleine ~ einteilen, um eine stattliche Anzahl von Aktivitäten unterzubringen, für die jeder Orientale mindestens eine Woche bräuchte. ~ sind bei Leuten in beruflich führenden Positionen und solchen, die sich dafür halten, beliebt. Sie vermitteln dem Anwender am Ende des Tages das Gefühl, wesentlich mehr als andere geschafft zu haben. Zu vernachlässigende Nebenwirkungen von ~n sind Schaumschlägerei, Hypernervosität, exzessiver Espressoverbrauch, erhöhter Stoffwechsel und enorme Verkürzung des eigentlich großen ~s Lebenszeit.

DANKSAGUNG

Der größte Dank gebührt meiner Frau Nora Yassine, meiner ersten und letzten Leseinstanz. Ohne ihre unendliche Geduld und ihre untrüglichen Adleraugen hätte es dieses Buch nicht gegeben. Genauso danke ich unseren kleinen Zwillingen Hilal & Yusuf für schlaflose Nächte und ein erfülltes Papaherz. Ich danke meiner Mutter, Zekiye Pamuk, für Tausende Stunden Babysitting und Zentner von Pfannkuchen. Meinem Vater, Sabri Pamuk, für Unterstützung in jeder Hinsicht. Meinen Schwestern Yasemin und Nurten, meiner Schwiegermutter Barbara. Meinen Freunden Engin und Cengiz. Coffeeteria-Astrid & Familie für warme Getränke und noch wärmere Gastfreundschaft. Schließlich danke ich herzlich Michael Gaeb, Martin Blau und »meinem« Eichborn-Team.

Inhalt

Lust auf mehr?

Horst Evers, Mein Leben als Suchmaschine

160 Seiten / gebunden

ISBN 978-3-8218-6037-4

»Horst Evers ist der Meister des Absurden im Alltäglichen – oder umgekehrt.« Frank Goosen

Horst Evers erzählt sehr trocken vom Alltag, der uns ja alle bisweilen fertigmacht. Und uns dabei noch ständig mit den ganz großen Fragen konfrontiert. Wie zum Beispiel: Wieso gibt es bei einer voll elektronischen Waschmaschine den Programmpunkt »Handwäsche«, und was will uns das Gerät damit sagen? Außerdem weiß Horst Evers, wieso es einfacher ist, nur an einen Gott nicht zu glauben als an ganz viele; wie sich ein unterforderter Videorecorder fühlen muss; und wie man nach seiner verloren gegangenen Mütze googelt.

www.eichborn.de

Lust auf mehr?

**Jürgen von der Lippe / Monika Cleves,
Noch viel mehr von SieundEr**
Neue Botschaften aus parallelen Universen / 176 Seiten / gebunden
ISBN 978-3-8218-4970-6

**»Endlich geht der erfrischend ungerechte und wunderbar
komische Schlagabtausch in die zweite Runde.« Express**

Was sich mag, das neckt sich: Jürgen von der Lippes und Monika
Cleves' wunderbar komischer und erfrischend ungerechter
Schlagabtausch über Themen wie Urlaub, Sex, Reinkarnation,
Pflanzen, Vorurteile, Weihnachtsgeschenke und Schönheits-
chirurgie geht in die nächste Runde – sämtliche Herausforderun-
gen, Fettnäpfchen und Schrulligkeiten des Alltags streng pari-
tätisch aus weiblicher und männlicher Sicht. Und am Ende bleibt
einmal mehr nur eine Frage offen: Wieso nur sehen Männer und
Frauen die Welt so unterschiedlich?

www.eichborn.de